"最美中国"丛书(第二版)

U0879890

最美的翻译

杨菁菁 著

合肥工業大學出版社

图书在版编目(CIP)数据

最美的翻译/杨菁菁著.—2版.—合肥:合肥工业大学出版社,2017.12
(最美中国丛书)
ISBN 978-7-5650-3771-9

Ⅰ.①最…　Ⅱ.①杨…　Ⅲ.①世界文学—作品综合集　Ⅳ.①I11

中国版本图书馆CIP数据核字(2017)第325295号

最美的翻译

杨菁菁　著　　责任编辑　朱移山　张　慧

出　版	合肥工业大学出版社	版　次	2013年4月第1版
地　址	合肥市屯溪路193号		2017年12月第2版
邮　编	230009	印　次	2017年12月第2次印刷
电　话	总　编　室:0551-62903038	开　本	710毫米×1000毫米　1/16
	市场营销部:0551-62903198	印　张	13　字　数　200千字
网　址	www.hfutpress.com.cn	印　刷	合肥现代印务有限公司
E-mail	hfutpress@163.com	发　行	全国新华书店

ISBN 978-7-5650-3771-9　　定价:32.00元

序

赵 焰

一直以为，中国传统文化的精髓，从时间上说，是在明朝之前的。明朝之前，占据社会主流的，是清明理性的孔孟之道。崇尚自然、游离社会的道学，作为主流思想的补充，与儒学一起“相辅相成”、“一阴一阳”，使得社会主流思想具有强大活力。从总体上来说，中国文化的源头，无论是周公、老子、孔子，还是后来的诸子百家，比如说孟子、荀子、庄子、韩非子、墨子等等，都对人生保持清醒、冷静的理性态度，保持孔子学说实践理性的基本精神，即对待人生、社会的积极进取精神；服从理性的清醒态度；重实用轻思辨、重人事轻鬼神的思维模式；善于协调，讲究秩序，在人伦日用中保持满足和平衡的生活习惯……中国文化的源头如此，决定了汉民族的心理结构和精神走向，包括汉民族理想追求、文化风格以及审美倾向。

中国文化在明朝之前，占据社会主流的，是高蹈的士大夫精神。最显著的表现在于：遵从天地人伦之间的道德，有高远的理想，讲究人格的修炼，反对人生世俗化，鄙视犬儒的人格特征。比如说孔子，从他的言语来看，更像是倡导一种人生价值观，追求人生的美学意义。又比如说庄子，他的学说，不像是哲学，更像是一种生活美学：道是无情却有情，看似说了很多超脱、冷酷的话，实际上透露出对于生命、本真的眷恋和爱护，要求对整体人生采取审美观照态度，不计功利是非，忘乎物我、主客、人己，以达到安详和宁静，让自我与整个宇宙合为一体。这种贯穿着士大夫精神的人生价值观，让人忘怀得失摆脱利害，超越种种庸俗无聊的现实计较和生活束缚，或高举远慕，或怡然自适，或回归自然，在前进和后退中获得生活的力量和生命的意趣。这就是中国历代士大夫知识分子一以贯之的艺术清洁精神。英国大哲学家罗素曾经说:“在艺术上，他们（中国人）追求精美，在生活上，他们追求情理。”这是说到关键了。

中国人的生活哲学就是如此，一方面高旷而幽远，另一方面也连着“地气”，是自发的浪漫主义和自发的经典主义的结合。道家是中国人思想的浪漫派，儒家是思想的经典派。当东汉年间佛教传入之后，这种以出世和解脱为目的的宗教体系遭到了儒学和道教的抵抗，从而消解了印度佛教中很多寡凉的成分。经过“中庸之道”的过滤，其中极端的成分得到了淡化，避免了理论或实践上的过火行为。也因此，一种中国特色的佛教观产生了，佛教在中国更多变身为“生活禅”，变成一种热爱生活创造人生的方式。中国人一方面避免了极端的“出世”之路，另一方面，由于心灵的滋养、美智的开发，使得东汉魏晋，包括后来的南北朝、隋唐、五代十国以及唐宋元产生了很多高妙的艺术，“艺术人生”的观念也随之如植物一样葳蕤生长。可以说，这些朝代，是中国最具审美价值、最开人们心智、也最出艺术珍品的年代。也因此，很多艺术种类都在这个阶段达到了高峰，比如说唐诗、宋词、元曲、书法、绘画、音乐、舞蹈等等，它们洋溢着一种高蹈的精神追求，境界高远，洁净空旷，如清风明月，如古松苍翠。从审美上看，由于存有或明或暗的观照，存有人格与事物的交融，主题得到了提升，感悟与生命同在，境界与天地相齐，一种深远的“禅意”油然而生……从总体境界上来看，这一阶段的各类艺术形式，达到了各自的高峰。它们是最能代表中国文化精髓的。

中国的艺术精神到了明清之后，有低矮化的倾向。明清以后，由于社会形态的变化，专制制度进一步严酷；加上统治者出身和教育的局限，以及愚民政策的目的，整体文化和审美呈低俗化的倾向，社会和人生的自由度越来越窄，艺术的想象空间越来越逼仄，艺术作品的精神高度下降。随着“程朱理学”和科举制度的推行，人们的想象力、创造力被扼制，审美弱化，艺术更趋“侏儒化”、“弱智化”。大众普罗的喜好抬头，刚正不阿的风骨软化，崇尚自由、自然、提升的审美精神也在丧失。不过尽管如此，在明清时代的中晚期，那种崇尚自然、物我两忘的高贵精神仍时有抬头，一批有着真正艺术精神的独立艺术作品或有出现。尽管如此，士大夫精神已不是艺术美和生活美的主旋律，它只是一种空谷幽兰的生命绝响。

近现代之后，由于社会动荡，战乱连连，再加上西方现代化所导致的实用主义、功利主义的渗入，中国的文学艺术遭到了进一步摧残，传统的艺术精神更进一步沉沦。艺术的政治化倾向、实用主义倾向和世俗主义倾向抬头，这直接导致了真正的艺术精神缺失，艺术的品位下降，高蹈精神向世俗俯首，自然和自由变身为功利和实用，士大夫精神更是变身为犬儒主义。中国近现代上百年的屈辱和战乱，更使得中国自古以来高洁的审美观变得扭曲和肤浅：黄钟大吕变成田野俚语，布衣青衫变成了披红挂绿，古琴琵琶变成了锣鼓鞭炮，洁身自好变成了争相取宠，安详宁静变成喧哗骚动，幽默风趣变成庸俗不堪……如果说是与非，美与丑是人类最基本标准的话，那么，很长一段时间里，这种基本标准都在丧失，很多人已分辨不了是与非，也分辨不了美与丑。“文革”时期八个脸谱化的样板戏在左右着中国人的全部精神生活，这样的现象，又何尝不令人扼腕叹息！

如果说中国当代教育存在着诸多问题的话，那么，以我的理解，当代教育最大的失败，甚至不是传统丢失、精神扭曲以及弱智低能，而是在美育上的缺失。这一点，只要观察我们周围的人们，就可以得出这样的结论——在我们的周围，到处都是对于生活没有感觉，对于美丑没有鉴别的人。他们所拥有的，只是功利，只是物质，只是金钱，只是对美丑的弱智的鉴别和判断。这些人不仅仅是一些教育低下的人，甚至，一些貌似受过良好教育的人也是这样——他们虽然拥有很高的学历，有很好的教育背景，但在美丑的辨别力，以及对于艺术、心灵的觉察力、感悟力和理解力上，同样表现得能力低下、缺乏常识。这样的现象，实际上是我们多年以来的教育缺乏美育，缺乏精神导向的结果。一个人的审美，是与道德和智慧联系在一起的，审美的缺失，实际上也是道德和智慧的缺失。一个对美缺乏判断力的人，很容易在人生中缺乏动力和方向，也很容易被民族主义、法西斯主义、极端主义、工业主义所奴役，成为过度现代化的牺牲品。在很多时候，这种人不可能是一个丰富的生命，只是一架精神匮乏的机器。

现在，这一套由合肥工业大学出版社精心组织的“最美中国丛书”，似乎在某种程度上，弥补了一些“寻根”和美育上的缺失。该丛书旨在“重建中国优美形象，重构华夏诗意生活”，通过对古代思想、伦理道德、文学艺术、风景民俗、器物发明等的重新梳理，重新发现中国特有的美，倾情向世人推介这种美，以期真正的美得到传承。这套书知识精准，图文并茂，力求童趣与大美的融合，悦目和感人的统一。对于正在成长的青少年来说，这一套书，应是一个不错的选择，最起码它可以让人知道，什么是中国的最美，什么是中国真正的美。继第一辑十本书受到业界、读者的广泛好评之后，合肥工业大学出版社又趁势推出第二辑“物华灼灼”和第三辑“文质彬彬”，加在一起又有20本，这两辑丛书在第一辑相对比较宏大叙事的基础上，着力聚焦中华文化的细节之美，视角更为开阔，叙述更为细腻。无疑是值得期待的。

上个世纪初，北京大学校长蔡元培先生曾经提出过著名的“五育并举”教育方针，“五育”为：军国民教育、实利主义教育、公民道德教育、世界观教育、美感教育。其中，美感教育尤其有特色，蔡先生还以“以美育代宗教”的口号闻名于世。在蔡元培看来，美育是宗教的初级阶段，对于没有宗教传统的中国人来说，美育教育是一种基础，并且相对宗教，美育更安全，更普及，也更为人接受。通过美育，可以培育出道德是非的基础，培育出向上的力量。虽然蔡元培的这一观点引起过一番争论，但对于一个人来说，有美的熏陶，有对于美丑的正确判断，怎么都不能说是一件坏事。并且，美与是非，与善恶，与道德，与人类的心灵，与这个世界的根本，是联系在一起的。以对美的判断和感知为出发点，了解中国历史，了解中国文化，了解中国人曾经的艺术生活，了解一个民族的内心世界；从而进一步了解世界，了解世界的规律，与身边的一切做到和谐相处，都是大有好处的。

也许，这套书的意义就在于此。

【目录】

最美中国

英国文学

美国文学

希 腊 语

法 语

德 语

西班牙语

意大利语

俄　语

日　语

其 他

（因本书部分图片未及向创作者申请授权，祈盼宽谅；恳请有关作者见书后与我社联系，以便奉寄稿酬及样书。）

1

英国文学

在阴沟里，依旧仰望星空

《夜莺与蔷薇》

王尔德 著
巴 金 译

译 文

等着月亮升到天空的时候，夜莺便飞到蔷薇树上来；拿她的胸脯抵住蔷薇刺。她把胸脯抵住刺整整唱了一夜，清澈的冷月也俯下头来静静听着，她整整唱了一夜，蔷薇刺也就刺进她的胸膛，越刺越深，她的鲜血也越来越少了。

王尔德

她起初唱着一对小儿女心里的爱情，在蔷薇树最高的枝上开出了一朵奇异的蔷薇，歌一首一首地唱下去，花瓣也跟着一片一片地开放了。花起初是浅白的，就像罩在河上的雾，浅白色像晨光的脚，银白色像黎明的翅膀。最高枝上开花的那朵蔷薇，就像一朵在银镜中映出的蔷薇花影，就像一朵在水池中映出的蔷薇花影。

可是树叫夜莺把刺抵得更紧一点。“靠紧些，小夜莺，”树大声说，“不然，蔷薇还没有完成，白天就来了。”

夜莺便把蔷薇刺抵得更紧，她的歌声也越来越响亮了，因为她正唱着一对成年男女心灵中的热情。

一层娇嫩的红晕上了蔷薇花瓣，就跟新郎吻着新娘的时候，他脸上泛起的红晕一样。可是刺还没有达到夜莺的心，所以蔷薇的心还是白的，因为只有夜莺的心血才可以把蔷薇的心染红。

树叫夜莺把刺抵得更紧一点。“靠紧些，小夜莺，”树大声说，“不然，蔷薇还没有完成，白天就来了。”

夜莺便把蔷薇刺抵得更紧，刺到了她的心。一阵剧痛散布到她全身。她痛得越厉害，越厉害，她的歌声也唱得越激昂，越激昂，因为她唱到了由死来完成的爱，在坟墓里永远不朽的爱。

这朵奇异的蔷薇变成了深红色，就像东方天空的朝霞。花瓣的外圈是深红的，花心红得像一块红玉。

可是夜莺的歌声渐渐地弱了，她的小翅膀扑起来，一层薄翳罩上了她的眼睛。她的歌声越来越低，她觉得喉咙被什么东西堵住了。

于是她唱出了最后的歌声。明月听见它，居然忘记落下去，却只顾在天空徘徊。红蔷薇听见它，便带了深深的喜悦颤抖起来，张开花瓣去迎接清晨的凉气。回声把它带到山中她的紫洞里去，将酣睡的牧童从好梦中唤醒。它又飘过河畔芦苇丛中，芦苇又把它的消息给大海带去。

“看啊，看啊！”树叫起来，“现在蔷薇完成了。”可是夜莺并不回答，因为她已经死在长得高高的青草丛中了，心上还带着那根蔷薇刺。

赏　析

王尔德的一生似乎就是个巨大的悖论。这位与萧伯纳并称的英国才子，曾经声名狼藉，还服过苦役。然而，博尔赫斯提到王尔德时如是说：“千年文学产生了远比王尔德复杂或更有想象力的作者，但没有一个人比他更有魅力。无论是随意交谈还是和朋友相处，无论是在幸福的年月还是身处逆境，王尔德同样富有魅力。他留下的一行行文字至今深深吸引着我们。”

《夜莺与蔷薇》是个美丽而伤感的童话，巴金翻译这篇童话是在1942年。根据巴金1947年写的《快乐王子集》的后记，早在20世纪20年代，他就产生了翻译王尔德童话的念头。1942年，他在重庆翻译了《快乐王子》，在成都翻译了《夜莺与蔷薇》。然而他并不满意自己的译文。1944年，湘桂战争中桂林的大火烧毁了他的住处，译文也变成了灰烬。

1946年，巴金重新开始了翻译工作，当年10月，他基本译好了王尔德选集的第一册《快乐王子集》，里面就包括这篇《夜莺与蔷薇》。

阅读这篇译作给人的感觉是惊心动魄的，王尔德的原著之美当然无须争辩。L·C·英格列比称赞王尔德的童话“表现得精彩绝伦，丰富的想象给每篇故事都装饰了珠玉”。作者有驾驭文字的能力，每一句话都是经过深思熟虑以后写出来的，但同时却有自发的动人力量。这种美主要表现在作者想象之新鲜、奇特，用词之熨帖、干净，结构之精巧、细致。整个选段层层递进，如行云流水。洁净清新的语言背后有对人生、对世界深深的思考，以及由此思考带来的忧伤。

巴金这样写道：“我不是王尔德童话的适当的翻译者，我的译文只能说是试译稿，他那美丽完整的文体、尤其是他那富有音乐性的调子，我无法忠实地传达出来。他有着丰富的辞藻，而我自己的字汇有多么贫弱。”

巴金其实有些自谦了。就意境而言，他的译文忠实于原文。小小的鸟儿在月光下，用音乐和心上的血染红了一朵蔷薇，给年轻学生，用来邀请他所爱的女子跳一夜的舞。夜莺相信爱情比生命更可贵、比博学还要聪明、比权力更为强大。在夜莺那里，爱情是一种信仰和理念，但年轻学生的爱情却是现实的遭遇，他发现的是“爱情是多无聊的东西”，把夜莺用生命换来的蔷薇丢到街上去，蔷薇落进路沟，被车轮从它身上碾了过去。

伦敦阿德莱德街的王尔德雕像下，刻着他的一句话：“我们都在阴沟里，但仍有人仰望星空。”《夜莺与玫瑰》尽管是个悲剧，但向往的仍是忠诚。这篇译文距今已有近70年，但读来丝毫没有隔阂感，有一种天然清新之美。

To be or not to be—that is the question

《哈姆雷特》

莎士比亚 著
朱生豪 译

节 选

朱生豪

生存还是毁灭，这是一个值得考虑的问题；默然忍受命运的暴虐的毒箭，或是挺身反抗人世的无涯的苦难，通过斗争把它们扫清，这两种行为，哪一种更高贵？死了；睡着了；什么都完了；要是在这一种睡眠之中，我们心头的创痛，以及其他无数血肉之躯所不能避免的打击，都可以从此消失，那正是我们求之不得的结局。死了；睡着了；睡着了也许还会做梦；嗯，阻碍就在这儿：因为当我们摆脱了这一具朽腐的皮囊以后，在那死的睡眠里，究竟将要做些什么梦，那不能不使我们踌躇顾虑。人们甘心久困于患难之中，也就是为了这个缘故；谁愿意忍受人世的鞭挞和讥嘲、压迫者的凌辱、傲慢者的冷眼、被轻蔑的爱情的惨痛、法律的迁延、官吏的横暴和费尽辛勤所换来的小人的鄙视，要是他只要用一柄小小的刀子，就可以清算他自己的一生？谁愿意负着这样的重担，在烦劳的生命的压迫下呻吟流汗，倘不是因为惧怕不可知的死后，惧怕那从来不曾有一个旅人回来过的神秘之国，是它迷惑了我们的意志，使我们宁愿忍受目前的磨折，不敢向我们所不知道的痛苦飞去？这样，重重的顾虑使我们全变成了懦夫，决心的赤热的光彩，被审慎的思维盖上了一层灰色，伟大的事业在这一种考虑之下，也会逆流而退，失去了行动的意义。且慢！美丽的奥菲利娅！——女神，在你的祈祷之中，不要忘记替我忏悔我的罪孽。

哈姆雷特

莎士比亚　著

卞之琳　译

节　选

活下去还是不活，这是问题
要做到高贵，究竟该忍气吞声
来容受狂暴的命运矢石交攻呢
还是该挺身反抗无边的苦恼
扫它个干净？死，就是睡眠——
就这样；而如果睡眠就等于了结了
心痛以及千百种身体要担受的
皮痛肉痛，那该是天大的好事
正求之不得啊！死，就是睡眠
睡眠，也许要做梦，这就麻烦了！
我们一旦摆脱了尘世的牵缠
在死的睡眠里还会做什么梦
一想到就不能不踌躇。这一点顾虑
正好使灾难变成了长期的折磨
谁甘心忍受人世的鞭笞和嘲弄
忍受压迫者虐待、傲慢者凌辱
忍受失恋的痛苦、法庭的拖延
衙门的横暴，做埋头苦干的大才
受作威作福的小人一脚踢出去

如果他只消自己来使一下尖刀
就可以得到解脱啊？谁甘心挑担子
拖着疲累的生命，呻吟，流汗
要不是怕一死就去了没人会来的
那个从未发现的国土，怕那边
还不知会怎样，因此意志动摇了
因此便宁愿忍受目前的灾殃
而不愿投奔另一些未知的苦难？
这样子，顾虑使我们都成了懦夫
也就这样子，决断决行的本色
蒙上了惨白的一层思虑的病容
本可以轰轰烈烈的大作大为
由于这一点想不通，就出了别扭
失去了行动的名分。啊，别做声！
美丽的莪菲丽亚——女神，你做祷告
别忘掉也替我忏悔罪恶。

赏　析

对任何一位从事翻译的人来说，莎士比亚作品都是一个极具吸引力的挑战。莎士比亚剧作既是剧，又是诗，理想的译文应是可读又可演的；莎士比亚的作品是真正的“复调”艺术，悲喜交错，几条线索并行；他的语言范围极广，从民间俚语、各业行话到高雅谈话无所不有。

梁实秋、卞之琳、朱生豪都曾翻译过莎翁的著作，有了朱生豪，莎士比亚才真正地进入了中国。但而卞之琳翻译的莎翁剧作《哈姆雷特》中，又让人们看到了比原作毫不逊色的手笔。

《哈姆雷特》的这段独白，也许算得上英语文学中最为人熟知的文字了。这段独白并不说明哈姆雷特想借自杀来逃避替父亲报仇的责任，而是表达了人文主义思想家对生死问题的思考。莎翁的悲剧以描写人与人之间的自然本性为核心，着重表现人与人以及人自身的理智、信念与情感、欲望之间的矛盾冲突。在哈姆雷特身上，人的脆弱性和环境的残暴性是如此的相反而又相成，以至这个独特的性格在内涵方面显得致密而厚重。这部剧表现的并不只是那个年代的某个故事，也不只是那个时代矛盾的缩影，更是每个人的“命运”。

从形式上看，《哈姆雷特》是莎士比亚采用素体无韵诗写成。无韵诗不用韵脚、不押韵，但有韵律，仍属于格律诗的范畴，每行有十个音节，读来抑扬顿挫。

可以欣赏一下朱生豪和卞之琳的翻译，朱生豪才情纵横，修养超然外物。他虽采用散文体，却处处流露出真情，以诗意美征服了无韵诗体的独特美，完美地再现莎翁原作的整体风貌和内在神韵。“生存还是毁灭，这是一个值得考虑的问题。默然忍受命运的暴虐的毒箭，或是挺身反抗人世的无涯的苦难，通过斗争把它们扫清，这两种行为，哪一种更高贵？死了；睡着了；什么都完了；要是在这一种睡眠之中，我们心头的创痛，以及其他无数血肉之躯所不能避免的打击，都可以从此消失，那正是我们求之不得的结局。”译文读来铿锵有力，将哈姆雷特矛盾的心情展现得淋漓尽致。

然而，这种译法也曾遭人诟病。素体无韵诗毕竟是诗，而诗借形以传神。在英语格律诗中，节奏是第一要素。散文体式的翻译，最大的弱点在于不讲韵律，原诗整齐匀称的节奏，就不能在译文中复现。

卞之琳对莎士比亚剧作的系统研究始于上个世纪50年代初。他1956年8月发表的《哈姆雷特》译文，采用相应的诗体来翻译莎士比亚的白体无韵诗，创造出了一种更接近莎剧本来面貌的译体。来欣赏一下《哈姆雷特》第三幕第一场那段关于生和死的最有名的独白：活下去还是不活，这是问题/要做到高贵，究竟该忍气吞声/来容受狂暴的命运矢石交攻呢/还是该挺身反抗无边的苦恼……拿这段独白来说，仅第一诗行“To be or not to be—that is the question”就有近十位名家的不同译文，如孙大雨的“是存在还是消亡，问题的所在”，曹未风的“生存还是

卞之琳

不生存，就是这个问题”，陈嘉的“反抗还是不反抗”，梁实秋的“死后还是存在，还是不存在，这是问题”，方平的“活着好，还是死了好，这是个问题”，以及许国璋的“是生，是死，这是问题”，对于这些译本，不同的读者或许会有不同的评价。然而卞之琳的翻译独出心裁，在诗行节奏上，获得与原诗尽可能相似的效果，从而使传达原诗的音乐美成为了可能。

莎氏无尽，译也无尽

《我可能把你和夏天相比拟》

莎士比亚 著
梁实秋 译

译 文

我可能把你和夏天相比拟？
你比夏天更可爱更温和：
狂风会把五月的花苞吹落地
夏天也嫌太短促，匆匆而过。
有时太阳照得太热，
常常又遮暗他的金色的脸；
美的事物总不免要凋落，
偶然的，或是随自然变化而流转。

梁实秋

莎士比亚

但是你的永恒之夏不会褪色，
你不会失去你的俊美的仪容；
死神不能夸说你在它的阴影里面走着，
如果你在这不朽的诗句里获得了永生；
只要人们能呼吸，眼睛能看东西，
此诗就会不朽，使你永久生存下去。

赏 析

在中国翻译莎士比亚作品最具代表性的人物当属两人：一位是前面提到过的朱生豪，一位是梁实秋。朱生豪从1937年开始翻译莎士比亚作品，至1944年先后译有喜剧、悲剧、杂剧等31种，可惜他英年早逝，有6个历史剧和全部诗歌没有来得及翻译。梁实秋1930年开始着手翻译莎士比亚的戏剧，从1936年商务印书馆首次出版他译的莎士比亚戏剧8种，至1967年最终完成《莎士比亚全集》的翻译并出版，共历时37年。他是中国独自一人翻译《莎士比亚全集》的第一人。

梁实秋在晚年回顾他翻译《莎士比亚全集》40年时，曾说过："使我能于断断续续30余年完成莎士比亚全集的翻译者，有三个人：胡先生、我的父亲、我的妻子。"

翻译莎翁的剧作不是梁实秋个人的选择，而是胡适先生的倡导。1930年，任职于中华教育基金董事会翻译委员会的胡适，雄心勃勃地制定了一个翻译莎士比亚全集的计划。胡适共物色五人担任翻译，他们是闻一多、徐志摩、陈西滢、叶公超和梁实秋，计划五至十年完成。对这样一个庞大计划，梁实秋从一开始态度就十分积极，他不仅明确答应承担一部分任务，而且拟定了八条具体实施计划，得到了胡适的首肯。从此，梁实秋文学实践中极其壮丽辉煌的诗篇开始了，特别是当闻一多、徐志摩等四人临阵退出，梁实秋便一个人把全部任务承担起来。胡适还对梁实秋说，等全集译成之时他要举行一个盛大的庆祝酒会。可惜，全集译成开酒会之时胡适已经去世了。

战争曾一度终止了梁实秋的翻译。八年抗战后，有一天，梁实秋70岁的父亲拄着拐杖走进他的书房，问莎剧译成多少，梁实秋很惭愧这八年交了白卷，父亲勉励他说：“无论如何要译完它。”一句话，让梁实秋头脑发热。他说：“我就是为了他这一句话，下了决心必不负他的期望。”

如果说，还有谁能默默陪伴梁实秋 40 年如一日的翻译工作，那个人就是他的妻子程季淑。每当看见梁实秋伏案不知疲倦时，季淑总是时不时过来喊他：“起来！起来！陪我到院里走走。”她的心思梁实秋都懂。几十年后梁实秋回忆中说道：“我翻译莎氏，没有什么报酬可言，穷年累月，兀兀不休，其间也很少得到鼓励，漫漫长途中陪伴我体贴我的只有季淑一人。”

与他人相比，梁译本的最大特点为：白话散文式的风格；直译忠实于原文；全译决不删略原文。除此之外，梁译本还有独到之处：一是加了注释。莎翁作品原文常有版本的困难，晦涩难解之处很多，各种双关语、熟语、俚语、典故也多，猥亵语也不少，梁实秋不但直译，而且加了大量注释，帮助读者理解原文。二是每剧前都加了序言。序言中对该剧的版本、著作年代、故事来源、舞台历史、该剧的意义及批评意见等均有论述。对于莎士比亚的一些小诗，梁实秋的翻译也轻盈灵动。

在世界文坛上，被称为“大家”的多，但是被尊称为“翁”的总共只有两个，一个是托尔斯泰，另一个就是莎士比亚。“超越凡俗而趋于神圣，超越卑微而达于崇高，在人类不断走向文明的路途上燃起永恒的明灯，为摸索于暗夜中的行人指出正确的方向”，这就是莎士比亚文学当之无愧的魅力。古人曾“吟安一个字，捻断数根须”，翻译莎士比亚，要“译”安一个字，又何尝不是如此？朱生豪和梁实秋两人终是大家手笔，凭借出众的英文水平，非凡的中文功底，常人难及的才华与坚忍不拔的毅力，使译文各有千秋，堪为楷模。朱生豪译笔流畅典雅，文句朗朗上口；梁实秋译笔忠实，优美畅达，其译本为忠实直译，并全译文本而绝无删略。真是有说不尽的莎士比亚，就有说不尽的莎剧翻译！

成为简·奥斯丁

《傲慢与偏见》

奥斯丁　著
张经浩　译

节　选

有钱的单身汉必定想娶亲，这条真理无人不晓。

这种人初到一地时，左邻右舍家家都会想他理所当然应归自己哪个女儿所有。

一天，贝内特先生的太太问他道：

“亲爱的，内瑟菲尔德园已经租出去了，你听说了吗?”

贝内特先生说还没有。

太太接着道：

“当真租出去了。朗太太刚刚来过，我全是听她说的。”

贝内特先生没有吭声。

他太太忍不住提高嗓门说：

“是谁租了你就不想知道吗?”

“是你想说给我听，我又没说不愿听。”

这一来贝内特太太上了劲。

“哼，告诉你吧，亲爱的，听朗太太说，租下内瑟菲尔德的是个年轻人，很有钱。”

“这人姓什么?”

“宾利。”

“结了婚还是单身?”

“哟，单身，一年四五千。我们几个女儿的福气来了!”

“这跟她们有什么相关?”

贝内特太太说道:“你怎么这样讨人嫌?你明知故问,哪会不知道我在盘算着把哪个女儿嫁给他!”

“难道他搬到这里来就是为了这桩事?”

“这桩事!胡说!不过呢,他看中我们的哪个女儿倒很可能。所以,等他一来,你非得拜访一趟不可。”

“我去一趟没有必要,你可以带着几个女儿去。要不然,你让她们自己去。要论长相漂亮,你跟她们哪个比都不差,你们一道去,宾利先生最看得中的倒可能是你。”

“得了吧,你是想奉承我。当年我确实长得漂亮,可是现在我没什么可夸了。”

“到了这种地步,一个女人大概也没多少漂亮好想了。”

“这事就别谈了吧,但是等宾利先生搬来了以后,无论如何你得去看看他。”

“老实说吧,这我可不会答应。”

“你就不为几个女儿着想?你非去不可,你不去我们母女没法上他的门。”

“你也太顾虑重重了。我可以肯定,宾利先生见到你一定高兴。我写几行字让你带去,就告诉他,无论他挑中哪个女儿,我都打心底里乐意他娶过去,只不过在信里我得替小宝贝利齐特地美言两句。”

“这种事我看你别干为好。与几个姐妹比,利齐并没有哪点强。论漂亮,我看她绝对赶不上简一半,论活泼,她又及不到莉迪亚一半,可是你总对她存着偏心。”

“她们没一个有多少值得夸的,”贝内特先生说,“全都傻乎乎,姐姐妹妹几个就数利齐比起来有几分聪明。”

“你怎么能把自己亲生女儿贬得这样低?你就爱说惹我生气的话。明明知道我的神经受不起刺激,你偏不体贴我。”

“亲爱的,我老惦记着的就是你的神经。你一谈起神经就心焦,至少这二十年里我听得多。”

“哎,我的苦处你哪里会知道。”

“可是我总希望你的毛病会好,活着看到好些一年有四千镑收入的富家子弟搬到这地方来。要是有二十个搬来，我都要登门拜访。”

贝内特先生就是这么个怪物，他太太与他相处了二十三年都没有能够摸清楚他性格的底细。太太的头脑没那么顶用。一遇不顺心的事，就以为神经出了毛病。她一生的大事是把几个女儿嫁出去。

赏 析

两个世纪之前的英国社会容易让人联想起油画，英俊潇洒的绅士们微微倾下的脊背、微笑的眼睛、缓缓向你伸出的双手；高贵的小姐从挂着瀑布般流苏的马车里向外张望，美丽的容颜若隐若现；上了年纪的管家高高扬起的长长的马鞭……那些蒙着灰尘的古老色泽，那些浪漫的气质被时光静静地包裹着，让人怦然心动。200 年前的英国爱情在这样的静谧中缓缓展开，没有大起大落，没有跌宕起伏，有的只是细水长流、缓慢悠长。《傲慢与偏见》就在这样的环境中，缓缓上演。

2007 年，由安妮·海瑟薇领衔主演的电影《成为简·奥斯丁》亮相大银幕，通过这部电影，也使人们更多地了解简·奥斯丁与她的那部《傲慢与偏见》。

来欣赏一段张经浩的译文，书的开头有这么一段描写：“有钱的单身汉必定想娶亲，这条真理无人不晓。这种人初到一地时，左邻右舍家家都会想他理所当然应归自己哪个女儿所有”。在这样的环境下，待嫁的姑娘们更多的看中单身汉的身份金钱地位，而非爱情。女主人公伊丽莎白是贝纳家最出众的两个女孩之一，年轻、漂亮，和她姐姐简的执意以及她妹妹丽蒂娅的轻率幼稚不同，她对爱情有着更加独立的主见。她相信自己对男人的判断。她认为爱情不应由物质简单地决定，至少她不是那种为了成为某个庄园女主人，便去竭尽全力讨好男人的女性。男主人公达西的脸就像戴着铁制的面具一样冷峻，习惯了在上流社会的公爵和贵妇人里穿梭，有很强的贵族荣誉感和良好的德行。从他开始出现，就表现出一副傲慢、无视的神情，且对于社会等级的差距十分在意。达西的傲慢与伊丽莎白的偏见让一段原本一见倾心的爱情生出芥蒂。

然而，在爱情面前，一切的障碍终被融化。在一个暴雨的夜晚，达西留下了那封信，信里他告诉伊丽莎白，所有的都不是真的，除了我爱你。达西对伊丽莎白的那句“You are too generous to trifle with me”感动了多少读者。故事的结局圆满得就像一个童话。

那么简·奥斯丁的爱情又是什么样呢？她终身未婚，深爱一个叫汤姆的男人。然而他们终究没有相守。他结婚生子，给自己的女儿取名简。

20 年后，简再一次在汤姆面前朗读她的文字，向这个男人表达她克制的——不，应该是深沉隽永的爱，告诉他，是他给她的经历令这爱在文字中历久弥新。简的人生经历和伊丽莎白有太多的共性，同样的不屈于现实，同样的摒弃世俗的观念，同样的为了爱情赴汤蹈火。让人们不由得觉得：简是在将自己唯一的也是最美好的初恋曝光在睽睽众目之下接受检阅，怀揣一个美好的梦想，弥补现实生活中的遗憾。

当我们都老了

《当你老了》

叶 芝 著
袁可嘉 译

译 文

当你老了，头发白了，睡思昏沉
炉火旁打盹，请取下这部诗歌
慢慢读，回想你过去眼神的柔和
回想它们昔日浓重的阴影
多少人爱你青春欢畅的时辰
爱慕你的美丽，假意和真心
只有一个人爱你朝圣者的灵魂
爱你衰老了的脸上痛苦的皱纹
垂下头来，在红火闪耀的炉子旁
凄然地轻轻诉说那爱情的消逝
在头顶上的山上它缓缓地踱着步子
在一群星星中间隐藏着脸庞

叶 芝

赏 析

说到威廉·巴特勒·叶芝，就不能不提到袁可嘉。这位“九叶派”诗人，与辛笛、穆旦、郑敏、杜运燮、陈敬容、杭约赫、唐祈、唐湜一起，构成了中国现代文学史上重要的诗歌流派。袁可嘉所翻译的叶芝诗选一直为人所称道，本质上是个诗人的他，显然更能触及叶芝诗作里的灵魂。

袁可嘉1921年出生于浙江慈溪，1941年秋，袁可嘉入读西南联大，这所中国现代史上富有传奇色彩的大学决定性地影响了袁可嘉的一生。西南联大外语系集中了当时的一批著名文学家和教授，如叶公超、燕卜逊、冯至、卞之琳等，他们通过自己的创作和教学影响了一批才华出众的学子，他们之中，穆旦、王佐良、杨周翰、杜运燮、郑敏等都热衷西方现代派文学，并在自己的创作中有所体现。

在很长一段时间里，袁可嘉进入了创作沉默期，但在这期间，袁可嘉和其他几位九叶派诗人一样，将自己的全部精力用于对西方文学的译介中。在这个意义上，所有习惯于阅读西方现代诗歌中译本的当代诗人都要向袁可嘉、穆旦、陈敬容等九叶派诗人兼翻译家致敬。他们不仅给当代青年诗人树立了精神上传承的可能性，而且以他们大量的翻译直接影响到后辈诗人的创作，比如袁可嘉翻译的叶芝，穆旦翻译的艾略特和奥登，陈敬容翻译的波德莱尔和艾吕雅，在当代青年诗人中都有广泛影响。

袁可嘉对诗歌的翻译简洁明了，比如《当你老了》这首诗。“多少人爱你青春欢畅的时辰，爱慕你的美丽，假意或真心，只有一个人爱你那朝圣者的灵魂，爱你衰老了的脸上痛苦的皱纹。”在这里，“青春”、“美丽”、“灵魂”、“皱纹”，这些都是很常见的词，译者并没有用更华丽的词取代它们。不见痕迹的雕琢才是真正的匠心所在，诗如此，译诗亦如此。

《当你老了》这首诗是叶芝29岁时写的。1889年，诗人遇见了著名的女演员茉德·冈小姐，叶芝对她一见钟情，但又一直为之拒绝；后来，茉德·冈嫁给了与她在爱尔兰民族主义运动中并肩战斗的麦克布莱德少校。1916年，麦克布莱德少校去世，叶芝再次向她求婚，又一次被拒绝。在诗中，叶芝并没有表达痛苦，而是表达了自己的执著。如果不了解诗人的情感历程，对这首诗只能是知其大意，而不能知其深意，也就不能形神兼具地翻译出来。袁可嘉则不然，因而其译诗便克服了“翻译”与生俱来的缺憾，使中英两种语言巧妙契合在一起，语调优雅舒缓，在流动和飘逸中透出一抹淡淡的哀伤，但又温柔、亲切；真切地将诗人平静而真挚的倾诉传达了出来。

袁可嘉的译文注重“传达原作情趣，做到准确和生动”。他不在乎西方诗歌的韵脚和格律，而是直取其所欲传达的氛围和情感。在袁可嘉的翻译生涯中，除了叶芝的诗，他还翻译了布莱克、威廉斯和休斯的大量诗作。来看一首布莱克的小诗《小男孩的迷失》："爸爸，爸爸，你上哪儿？/啊，别走那么快吧！/爸爸，说呀，跟你孩子说话，/不然我就要迷路啦！"/漆黑的夜里，不见了爸爸，/露水淋湿了小孩；/泥沼又深，小孩流泪，/夜雾向四处飞散开来。"

诗中通过急切的呼唤，表现出孩子失去爸爸后的焦急和迷茫。由于袁可嘉在翻译时准确地把握住了其氛围和情感，并选用了"露水"、"夜雾"予以恰到好处地翻译，从而把一个孩子在黑夜的泥沼里深一脚浅一脚地跑着找爸爸的情景活灵活现地表现了出来。译诗虽然是"译诗"，但仍然带着"原汁原味"，读者在读这些诗时也能获得一种身临其境的感觉。

2008 年 11 月 8 日，诗人袁可嘉在纽约逝世。袁可嘉的离去，也难免让人怀想起，那曾经群星灿烂的文学时代。

如果冬天来了，春天还会远吗？

《西风颂》

雪　莱　著
江　枫　译

节　选

第三节

你，哦，是你把蓝色的地中海
从梦中唤醒，他在一整个夏天
都酣睡在贝伊湾一座浮石岛外，

被澄澈的流水喧哗声催送入眠，
梦见了古代的楼台、塔堡和宫闱，
在强烈汹涌的波光里不住地抖颤，

全都长满了蔚蓝色苔藓和花卉，
馨香馥郁，如醉的知觉难以描摹，
哦，为了给你让路，大西洋水

豁然开裂，而在浩淼波澜深处，
海底的花藻和枝叶无汁的丛林，
哦，由于把你的呼啸声辨认出，

一时都惨然变色，胆怵心惊，
战栗着自行凋落；听，哦，听！

第五节

像你以森林演奏，请也以我为琴，
哪怕我的叶片也像森林的一样凋谢！
你那非凡和谐的慷慨激越之情，

定能从森林和我同奏出深沉的秋乐，
悲怆却又甘洌。但愿你勇猛的精灵
竟是我的魂魄，我能成为剽悍的你！

请把我枯萎的思绪播送宇宙，
就像你驱遣落叶催促新的生命，
请凭借我这韵文写就的符咒，

就像从未灭的余烬飏出炉灰和火星，
把我的话语传遍天地间万户千家，
通过我的嘴唇，向沉睡未醒的人境，

让预言的号角奏鸣！哦，风啊，
如果冬天来了，春天还会远吗？

赏　析

“如果冬天来了，春天还会远吗？”这一脍炙人口的佳句，出自雪莱的《西风颂》，由江枫翻译。珀西·比希·雪莱，英国文学史上最有才华的抒情诗人之一。其一生见识广泛，不仅是柏拉图主义者，更是个伟大的理想主义者。《西风颂》是雪莱“三大颂”诗歌中的一首，写于1819年。这首诗是诗人“骄傲、轻捷而不驯的灵魂”的自白。诗人凭借自己的诗才，借助自然的精灵让自己的生命与鼓荡的西风相呼相应，用气势恢宏的篇章唱出了生命的旋律和心灵的狂舞。

江枫《西风颂》译文的特点是：忠于原诗，翻译时，从内容到形式都尽可能贴近原诗。无论是在遣词造句上，还是在诗歌的格律、韵脚、建行、分节上，江枫都很好地把握了这一原则。但他翻译时又不拘一格，当照搬形式有损于内容的表达时，又做了适当变通。

雪莱的《西风颂》是“旧体”抒情诗，共有五首，意思相互连贯。每首14行，但并不是按十四行诗通常的格律写成的。读者不难看出它是三行一回旋，整个诗节读起来显得有规律而又有变化。要把《西风颂》的意思“信”、“达”地翻译成汉语，又要把原文的形式特点格律表达出来，实在是非常困难的事；更不要说，文字还要有诗歌之“雅”。

试读译文，“我若是一朵轻捷的浮云能和你同飞/我若是一片落叶，你所能提携/我若是一头波浪能喘息于你的神威/向你苦苦祈求。哦，快把我飏起/就像你飏起波浪、浮云、落叶/我倾覆于人生的荆棘！我在流血！”

可以看出，江枫在翻译时，从头到尾在节奏上都和原诗比较接近。从整体上看，诗行较为整齐，节奏抑扬顿挫，起伏有致，缓急适中，读之则时而激昂慷慨，时而浅唱低吟。雪莱原诗用词典雅庄重，形象生动兼以新奇、丰富的想象，准确地表现了西风横扫大地，席卷长空的磅礴气势。江枫在翻译时，比较注重用词的色彩，所选词庄重典雅而又准确。

江枫坚持翻译要以忠实为第一要务：“对于诗和几乎是诗的散文，必须紧扣原文，尽可能不增不减，有所增必有所减；必须读懂了再译，不懂就译，必出天书！”因而读江枫的译文，丝毫不觉违和，反而觉得是雪莱在用汉语写作，浑然天成。

用镜头的魅力开启《尤利西斯》之旅

《尤利西斯》

乔伊斯 著
萧 乾 译

节 选

布卢姆先生跟在盲人的脚后面走着。他穿着一套剪裁不得体的人字呢衣服。可怜的小伙子！他是怎么知道那辆载货马车就在那儿的呢？准是感觉到的。也许用额头来看东西。有一种体积感。一种比暗色更要黑一些的东西——重量或体积。要是把什么东西移开了，他能感觉得到吗？觉察出一种空隙。关于都柏林城，他想必有一种奇妙的概念，因为他总像那样敲着石头走路。倘若没有那根手杖，他能够在两点之间笔直地走吗？一张毫无血色的、虔诚的脸，就像是许下愿要当神父似的。彭罗斯！那人就叫这个名字。瞧，他们可以学会做多少事。用手指读书。为钢琴调音。只要他们稍微有点儿头脑，我们就会感到吃惊。一个残疾人或驼背的要是说出常人也会说的话，我们就会夸他聪明。当然，在其他方面他们的感官比我们灵敏。刺绣。编箩筐。大家应该帮帮他们。等摩莉过生日的时候，给她买一只针线筐吧。她就讨厌做针线活儿。也许会不高兴的。人们管他们叫瞎子。他们的嗅觉也一定更敏锐。四面八方的气味都聚拢了来。每一条街各有不同的气味。每一个人也是这样。还有春天，夏

萧 乾

天，各有不同的气味。种种味道呢？据说双目紧闭或者感冒头痛的时候，就品尝不出酒的味道。还说摸着黑抽烟，一点儿味道也没有。

比方说，对待女人也是如此。看不见就更不会害臊了。那个仰着头从斯图尔特医院跟前走过的姑娘。瞧瞧我，穿戴得多么齐全。要是瞧不见她，该是多么奇怪啊。在他心灵的眼睛里，会映出一种形象。嗓音啦，体温啦。当他用手指摸她的时候，就几乎能瞥见线条，瞥见那些曲线了。比方说，他把手放在她头发上。假定那是黑色的。好的。我们就称它作黑色吧。然后移到她的白皮肤上。兴许感觉就有所不同。白色的感觉。

赏　析

有人说这是本天书，有人以淫秽或者亵渎的原因禁止它出版。众多的媒体将它评为上世纪最伟大的小说，没有之一。也有很多读者和学者斥其为垃圾，甚至它的中文版译者都怀疑作者是否把他的才华浪费在一条歧途上。多少位读者把它列为想读的书，但终他们一生，也只是想读而已。一本小说，让爱尔兰政府为它设置了一个纪念日。它就是《尤利西斯》。

都说《尤利西斯》是本天书，在中国也只有《易经》获此殊荣，估计当年詹姆斯·乔伊斯在写它时，就是以让读者看不懂为己任，书中除了各种不知所云的意识流写法，还有大量的法文、拉丁文、古英文、希腊文、梵文、阿拉伯文等诸多“可敬”的文种，在这里，我们不禁要佩服萧乾老前辈，是有多么大的魄力，才有勇气翻译它。所以想要读懂《尤利西斯》，非得削尖脑袋使劲往里钻才行，不花个三五年没戏。

但是不能否认，《尤利西斯》在世界文坛刮起了一股旋风，将众多的文学家、评论家吸进它强大的风眼中，从它问世、遭禁、解禁、风靡，正反两派的斗争就一直没有停歇过。两位英国大批评家之间也因它引发了尖锐的冲突和对立：F·R·利维斯说，“我以为，《尤利西斯》不是什么新开端；相反，它是一条死胡同，或至少是导向分崩离析的一个路程”。T·S·艾略特则针锋相对地说，“这本书是对当今时代最重要的反映，是一本人人都能从中得到启示而无从回避的作品”。

乔伊斯是意识流的大家，所以他的作品需要我们一反常态的阅读习惯，我们假装自己不再阅读，而是在欣赏一个电影，用镜头的魅力去开启《尤利西斯》之旅。

这就来欣赏《游动山崖》中的一个桥段：1904年6月16日下午从3点到4点这一特定时间内、处在不同地点的各色都柏林人进行的日常活动：罗马天主教会的代表康眉神父的活动，总督大人一行的车马横行，政府官员的闲聊，各种中产阶级市民的活动，孤儿的困苦窘态，无家可归的流浪汉的困境，年轻盲人永无休止的探路而行，战争中受伤的独腿水手在街上的怒吼，充当广告公司人体流动广告牌的人们在街上的流动……互不相关的19个场景表现了这一特定时间里万花筒似的都柏林各阶层人士的生活全景图。这是一种电影多画面构图的手法，呈现了异地同台的立体组合。全章的19个场景并行发展，几乎每一节都穿插有此时此刻发生在另一节的事。作者的叙事镜头不断掠过都柏林的大街小巷，然后定焦在一个人或一群人身上，形成一个特定时间里的空间网络，由此构成一幅立体的、多画面的、都柏林下午某时全景图。小说的庞大信息量，透过视角和镜头的频繁切换，表现得恰到好处。

萧乾翻译《尤利西斯》是下了很大的勇气的，妻子文洁若在回忆中说道："这本著作里有爱尔兰的童话，有宗教的故事，各方面的知识都有，翻译中意识流的问题，又怕读者不懂，但又不能妄加改动。"她和萧乾翻译的《尤利西斯》与原著一样厚，还做了大量的注解，耗费四年时光，甚至经常通宵达旦。引用《水底的火焰——知识分子萧乾》的作者丁亚平对他们的点评：《尤利西斯》是萧乾献给文洁若"最后的一首爱情诗"，也是萧乾先生留给这个世界的"最后一首爱情诗"。

简·爱——一股清新的空气

《简·爱》

勃朗特 著

黄源深 译

节 选

十一月、十二月和一月的上半月转眼已逝去。在盖茨黑德，圣诞节和元旦照例喜气洋洋地庆祝一番，相互交换礼物，举行圣诞晚餐和晚会。当然，这些享受一概与我无缘，我的那份乐趣是每天眼睁睁瞧着伊丽莎和乔治亚娜的装束，看她们着薄纱上衣，系大红腰带，披着精心制

夏洛蒂·勃朗特

作的鬈发下楼到客厅去。随后倾听楼下弹奏钢琴和竖琴的声音，管家和仆人来来往往的脚步声，上点心时杯盘磕碰的叮咚声，随着客厅门启闭时断时续传来的谈话声。听腻了，我会离开楼梯口，走进孤寂的保育室。那里尽管也有些许悲哀，但心里并不难受。说实话，我绝对无意去凑热闹，因为就是去了，也很少有人理我。要是贝茜肯好好陪我，我觉得与她相守，安静地度过夜晚倒也是一种享受，强似在满屋少爷小姐、太太先生中间，里德太太令人生畏的目光下，挨过那些时刻。但是，贝茜往往把小姐们一打扮停当，便抽身上厨房、女管家室等热闹场所去了，还总把蜡烛也带走。随后，我把玩偶放在膝头枯坐着，直至炉火渐渐暗淡，还不时东张西望，弄清楚除了我没有更可怕的东西光顾这昏暗的房间。待到余烬退为暗红色，我便急急忙忙，拿出吃奶的劲来，宽衣解带，钻进小床，躲避寒冷与黑暗。我常把玩偶随身带到床上。人总得爱点什么，在缺乏更值得爱的东西的时候，我便设想以珍爱一个退了色的布偶来获得快慰，尽管这个玩偶已经破烂不堪，活像个小小的稻草人。此刻忆起这件往事，也令我迷惑不解。当时，我是带着何等荒谬的虔诚来溺爱这小玩具的呀！我还多少相信它有血有肉有感觉。只有把它裹进了睡袍我才能入睡，一旦它暖融融安然无恙地躺在那里，我便觉得愉快多了，而且相信这玩偶也有同感。

赏　析

《简·爱》是英国文学史上的一个创举，它给19世纪的英国文坛带来了一股清新的空气。在中国，祝庆英、宋兆霖、黄源深等都曾译过《简·爱》，但毋庸置疑，黄源深译本《简·爱》，在迄今为止出现的众多译本中，算是佼佼者。读黄源深先生的《简·爱》既无牵强生硬的痕迹，又保存着原著中原有的风味，语言优美，诗意浓郁。

19世纪的英国妇女观到底是什么样子？当时思想家约翰·拉斯金在其散文《论女王的花园》中就说：理想的妇女和理想的家庭与现实的原始森林式的生存竞争互不相容，妇女的地位不是在社会上，而是在家庭中。按照当时流行的说法，就是做“家里的天使”。阿尔弗雷德·坦尼森在其诗《公主》中对“天使”说做了如下阐释：男人去耕作，女人忙炊煮；男人佩刀剑，女人拿针线；男人有脑子，女人有爱心；男人发命令，女人来服从。

这种观点在19世纪十分盛行，就在这种社会背景下，简·爱却大声宣布“我不是天使，我就是我自己！”她既不是“家里的天使”也不是“理想的淑女”，她的桀骜与叛逆显然和时代的主流意识格格不入，却因勇敢的挑战男权控制下的既定秩序，追求女性的独立、平等成为女性文学不朽的经典人物形象。简·爱的独立、平等与爱情观无不向那个自私的男权社会发出的振聋发聩的一击。

张爱玲有这么一句话：遇见你我变得很低很低，一直低到尘埃里去，但我的心是欢喜的，并且在那里开出一朵花来。按照张爱玲的说法，在爱情的世界里，一定有一方是卑微的、被动的。然而，在简的爱情世界里没有高低贵贱之分，她表达爱情的方式不是甜腻的赞美、温柔的絮语，更不是祈求、诱惑或者勾引，归根到底，她在追求两颗心的平等结合。

来读一读黄源深的翻译，当罗切斯特第一次看到简·爱时，他就感到了“有一种全新的东西，一种新的活力和新的感觉，不知不觉传遍了我的全身”。也正是这样一种全新的东西——叛逆精神和自强自尊的品质后来彻底征服了他。“对于只是以容貌来取悦于我的女人，在我发现她们既没有灵魂又没有良心——她们让我看到平庸、浅薄”，自始至终，罗切斯特爱的是简·爱的心灵，这是一种从灵魂深处流淌出来的爱情，他们的爱情是平等而纯粹的。尽管今天早已不是简·爱的那个时代，但这部小说对于现代人仍有意义。

2

美国文学

爱伦·坡的“死亡美学”

《安娜贝尔·李》

爱伦·坡 著
曹明伦 译

译 文

爱伦·坡

那是在很多年很多年以前，
在大海边一个王国里，
住着位你也许认识的姑娘，
她名叫安娜贝尔·李——
那姑娘她活着没别的心愿，
与我相爱是她的心思。

她是个孩子而我也是孩子，
在大海边那个王国里，
但我俩以超越爱的爱相爱——
我和我的安娜贝尔·李——
以一种爱连天上的六翼天使
对她和我也心生妒意。

而这就是原因，在很久以前，
在大海边那个王国里，
趁黑夜从云间吹来一阵冷风
寒彻我的安娜贝尔·李；

于是她出身高贵的亲属前来
从我的身边把她带去。
把她关进了一座石凿的墓穴
在大海边的那个王国里。

在天堂一点也不快活的天使
对她和我一直心存妒意；
对！那就是原因（众所周知，
在大海边那个王国里）
趁黑夜从云间吹来一阵冷风，
冻煞我的安娜贝尔·李。

但我俩的爱远比其他爱强烈
与那些更年长的人相比——
与许多更聪明的人相比——
无论是那些住在天堂的天使
还是那些在海底的鬼蜮
都永远不能将我俩的灵魂分开，
我和我的安娜贝尔·李——

因为当月放光华我总会梦见
我美丽的安娜贝尔·李；
而每当星斗升空我总会看见
她那明亮而美丽的眸子；
所以我整夜都躺在我爱人身旁，
我的爱，我的生命，我的新娘
在大海边她的石墓里——
在海边她的墓地。

赏　析

都说爱伦·坡生不逢时，如果他能再撑个几十年，可能境况就大不相同了。世界文学在他死后的几十年里，积极和欣欣向荣的主题逐渐退出历史舞台，取而代之的是颓废、灰暗与消极，很难说这种倾向是否多少受到了爱伦·坡的影响，不过这都是他死后的事了。所以他的那些闪亮的头衔：诗人、小说家、评论家、侦探小说鼻祖、科幻小说先驱、恐怖小说大师、短篇哥特小说巅峰、象征主义先驱之一、唯美主义者等等，他有生之年都没能享受到，反而受尽了白眼、冷嘲热讽与排挤。

纵观爱伦·坡的文学作品，他崇尚美、浪漫主义。但是如果你是一个喜欢希望与美梦的读者，建议你还是远离爱伦·坡，因为他的美是死亡之美，他的梦是场旷日持久的噩梦。他的作品中充斥着“枯树”、“坟墓”、“阴天”、“乌鸦”、“死尸复活”、“借尸还魂”的意象，在他的书中，你看到的永远会是“一个活人被砌在一个墙里面，或者说人吃人的故事”。

爱伦·坡是侦探小说和科幻小说的先驱，然而，爱伦·坡首先把自己视为一个诗人，他的文学生涯始于诗歌并终于诗歌。63 首诗外加一出没写完的诗剧，这就是爱伦·坡留给世人的全部诗歌作品。爱伦·坡崇尚美，他说过：诗之目的是美的再现，美应该成为诗的主题，忧郁美必然是诗永恒的主题，死亡之美才是美的极致，美人之死是最富有诗意的题材。所以，爱伦·坡的诗多是描写死亡的，他的诗歌中总有一个美丽聪慧的女性，这些美丽的天使总有着宿命般的归宿，注定走向死亡。

来读诗歌《安娜贝尔·李》，人类总是希望美永远生机勃勃，为春的逝去而惆怅，为花的凋谢而哀伤。《安娜贝尔·李》中作为美的化身的安娜贝尔·李本应生活得更好，但是在安娜贝尔·李的世界，没有什么比毁掉这种美来得更触目惊心：

在天堂一点也不快活的天使
对她和我一直心存妒意；
对！那就是原因（众所周知，
在大海边那个王国里）
趁黑夜从云间吹来一阵冷风，
冻煞我的安娜贝尔·李。

就这样，天使们用无情的寒风带走了“我的安娜贝尔·李”，让她永远静静沉睡在大海旁的墓地里。然而，爱伦·坡并没有把死亡想象成万劫不复和深渊，相反，人们看到，在爱伦·坡的笔下，死亡有了另一层含义，他认为“死亡”是快乐的。爱伦·坡在作品中多次歌颂和赞美了死亡和纯理想式爱情，虽然天使与恶魔夺走了安娜贝尔·李的生命，但是，死亡也使得这段爱情更加美好，明澈的月光陪伴诗人梦见了美丽的安娜贝尔·李，闪烁的星光使诗人仿佛看见了安娜贝尔·李那双明亮的眼睛。每当夜幕降临，海潮涨起之时，诗人便来到海边情人的墓地，与其相伴，与她共眠，与她一起聆听那大海的涛声。

纵观文坛，但凡极力去渲染死亡、黑暗的作者，内心反而渴望希望与光明，他们只是通过死亡宣泄自己无处释放的生活压抑。雅斯贝尔斯说：“死去，不是空洞无物的虚无，而是洋溢着真实生命的充盈丰满。”列尔嘉也夫认为：“死亡乃是最深刻最富意蕴的生命事实，唯有死亡才能赋予人生意义和真正深度。”爱伦·坡的作品在内容上充斥着绝望、失落、冷漠、痛苦、悲凉和恐怖，但是，这恰恰暗示了他内心深处饱含着超越人生的渴望与追求，以及对甜美、温暖和爱情的向往。

曹明伦先后翻译了近千万字的英文佳作，走出了一条独具一格的“翻译之道”。曹明伦所译的《爱伦·坡集》共1520页，计107万字，是迄今为止最完整的爱伦·坡作品中译本，其中62%的内容为国内首次译介。

董乐山的《西行漫记》：一次令人愉悦的阅读

《西行漫记——红星照耀中国》

斯　诺　著
董乐山　译

节　选

第1章　月光下的行军（节选）

于都是赣南于都河畔一座寂静的小县城，人口不到一万。它不过是一个渡口，一个集市，这个小镇从来没有发生过什么重大的事件。一九三四年十月，这里是一派安宁富足的景象：天气很好，白天暖和，夜间凉爽，很少下雨。大多数庄稼都已收割完毕，地里只剩下晚稻、荞麦和红薯。青瓦屋顶上晾晒着豆秸和其他东西，有的牵拉在屋檐下。靠院墙放着的红陶罐里装着豆瓣酱。院角堆着绿皮红籽的苦瓜，橘黄色的南瓜和一串串鲜红的干辣椒。农民们都知道，他们的粮食足够吃到下一季庄稼收获时节了。但这时的于都却有一种令人不安的气氛：红军在夏天就征购了大批稻米，而且一直在进行不同寻常的扩红（招募新兵）。收成相当好，人们一年到头地忙着播种、收割、耙地、插秧，这时本来可以喘口气了，但又担心似乎要出什么事。到底是什么事，谁也搞不清楚。中秋节已过，家家户户门框上贴着的大红对联和凶恶吓人的门神已经有点破旧了。人们希望这些东西能继续保护他们免遭厄运。

刘英已在于都搞了好几个星期的扩红工作了。她只不过是从事这项工作的许多年轻妇女中的一个。刘英今年二十六岁，还不到五英尺高，娇小得就像小孩子玩的布娃娃。海伦·斯诺曾经说她无法想象刘英在长征途中是怎么没被大风刮走的？后来，当刘英和党的高级领导人洛甫结婚时，她自己也这样说过。刘英的个子虽小，但她具有钢丝一般坚韧的精神，毛泽东也一直关照着她。一天，毛带着一名警卫员来到于都的共青团办事处。他悄悄地要这位小扩红队员马上离开于都，去瑞金赣南中央苏区总部报到，接受一项非常特殊的任务。

"我对他说我离不开，"刘英五十年后回忆道，"我还没有完成任务，我还没有完成自己的扩红定额哩!"

但是毛泽东的态度很坚决，他命令刘英必须回去。刘英虽然困惑不解，但还是遵命回到了瑞金。四十英里的路，她走了两天，当然，与她不久之后将要踏上的路程相比，这不过是小小的散步而已。

赏　析

《西行漫记》的阅读是令人愉悦的，埃德加·斯诺，一个在陕北苏区采访将近4个月的美国记者，以他充满热情和生动的笔触，记录了日渐成熟的中国共产党在苏区的一点一滴。大到毛泽东对抗日战争的著名论断、共产党的基本政策，小到党员和民众的言语神态，斯诺以他出色的纪实文学技巧记录了正在成长中的陕北苏区的一幅立体而丰富的影像，让阅读者无不身临其境般的为之动容。

《西行漫记》当年初版，其受欢迎的程度出人意料，初版再版迅速售空，在全国各地都有出版者正式授名的重印本，还有不计其数的翻印本。不仅在苏区，在国民党统治的白色恐怖区域，在香港和海外的华侨中间，不管是以重印翻印还是冒死传阅传抄的方式，《西行漫及》都起到了早前没有料到的影响。

董乐山的译本，是斯诺这部关于中国革命的经典性著作中文译本中翻译得最好、流传最广的一部。他的译作文笔流畅纤巧，是一个难得的信达雅俱佳的译本。

《西行漫记》之所以引起了巨大的社会影响，这与它新鲜的笔触和易读性绝对有关。正是这些对共产党充满激情的正面描写，才导致了许多的中国人加入共产党，才促使了华侨和外国人去理解、支持中国革命。但是有人质疑，这本书在文采斐然的同时，是否意味着作者在其中加入了太多的主观偏袒，而减少了真实的力量？在历史题材作品有趣易读和历史真实性之间，到底应该以那一个为准线？

在《西行漫记》中，斯诺对苏区共产党员细节的描写，是全书的亮点，也是让人为之动容的精华。董乐山很好地还原了这一点。

“忽然间，他们（毛泽东夫妇）两个都俯过身去，看到一只飞蛾在蜡烛旁奄奄一息地死去，高兴得叫起来。这的确是一只很可爱的小东西，翅膀是淡淡的苹果绿，边上有一条橘黄色和玫瑰色的彩纹。毛泽东打开一本书，把这篇彩色的薄纱般的羽翼夹了进去。这样的人会是真的在认真的考虑战争吗？”

这些材料出现在历史题材作品中，让人眼前一亮，译文也很好地还原了这一点。书中其实也谈到了很多战争内容，然而，正是因为细节的点缀，让人觉得清新可读。无论在革命年代还是和平年代，《西行漫记》的长盛不衰，与董乐山的译文有着不可或缺的联系。

《老人与海》：可以被毁灭，不能被打败

《老人与海》

海明威 著
吴 劳 译

节 选

海明威

他是个独自在湾流中一条平底小帆船上钓鱼的老人，这一回已去了八十四天，没逮上一条鱼。

头四十天里，有个男孩跟他在一起。可是过了四十天还没捉到一条鱼，男孩的父母对他说，老人如今准是终于“倒了血霉”，这就是说，倒霉到了极点，于是男孩听从了他们的吩咐，上了另外一条船，头一个礼拜就捕到了三条好鱼。男孩看见老人每天回来时船总是空的，感到很难受，他总是走下岸去，帮老人拿卷起的钓索，或者鱼钩和鱼叉，还有收卷在桅杆上的帆。帆上用面粉袋片打了些补丁，收拢后看来像是一面标志着永远失败的旗子。

老人消瘦憔悴，脖颈上有些很深的皱纹。腮帮上有些褐斑，那是太阳在热带海面上的反光所造成的良性皮肤病变。褐斑从他脸的两侧一直蔓延下去，他的双手常用绳索拉大鱼，留下了勒得很深的伤疤。但是这些伤疤中没有一块是新的。它们像无鱼可打的沙漠中被侵蚀的地方一般

古老。

他身上的一切都显得古老，除了那双眼睛，它们像海水一般蓝，显得喜洋洋而不服输。“圣地亚哥，”他们俩从小船停泊的地方爬上岸时，男孩对他说。“我又能陪你出海了。我家挣到了一点儿钱。”

老人教会了这男孩捕鱼，男孩爱他。

“不，”老人说。“你遇上了一条交好运的船。跟他们待下去吧。”

“不过你该记得，你有一回八十七天钓不到一条鱼，跟着有三个礼拜，我们每天都逮住了大鱼。”

“我记得，”老人说。“我知道你不是因为没把握才离开我的。”

“是爸爸叫我走的。我是孩子，不能不听他的。”

“我明白，”老人说。“这很在理。”

“他没多大的信心。”

“是啊，”老人说。“可是我们有。可不是吗？”

“对，”男孩说。“我请你到露台饭店去喝杯啤酒，然后一起把打鱼的家什带回去。”

“那敢情好，”老人说。“都是打鱼人嘛。”

他们坐在饭店前的露台上，不少渔夫拿老人开玩笑，老人并不生气。

另外一些上了些年纪的渔夫望着他，感到难受。不过他们并不流露出来，只是斯文地谈起海流，他们把钓索送到海面下有多深，天气一贯多么好，还谈起他们的见闻。当天打鱼得手的渔夫都已回来，把大马林鱼剖开，整片儿横排在两块木板上，每块木板的两端各由两个人抬着，摇摇晃晃地送到收鱼站，在那里等冷藏车来把它们运往哈瓦那的市场。逮到鲨鱼的人们已把它们送到海湾另一边的鲨鱼加工厂去，吊在组合滑车上，除去肝脏，割掉鱼鳍，剥去外皮，把鱼肉切成一条条，以备腌制。

赏　析

《老人与海》是海欧内斯特·明威1951年在古巴写的一篇中篇小说，于1952年出版。是海明威最著名的作品之一。它围绕一位老年古巴渔夫与一条巨大的马林鱼在离岸很远的湾流中搏斗而展开讲述。它奠定了海明威在世界文学中的地位，这篇小说相继获得了 1953 年美国普利策奖和 1954 年诺贝尔文学奖。

先来看看《老人与海》的背景。这部小说是根据真人真事写的，第一次世界大战结束后，海明威移居古巴，认识了老渔民格雷戈里奥·富恩特斯。1930 年，海明威乘的船在暴风雨中沉没，富恩特斯搭救了海明威。从此，海明威与富恩特斯结下了深厚的友谊，并经常一起出海捕鱼。1936 年，富恩特斯出海很远捕到了一条大鱼，但由于这条鱼太大，在海上拖了很长时间，结果在归程中被鲨鱼袭击，回来时只剩下了一副骨架。海明威在《老爷》杂志上发表了一篇通讯《在蓝色的海洋上》报道这件事。当时这件事就给了海明威很深的触动，并觉察到它是很好的小说素材，但却一直也没有机会动笔写它。

1950 年圣诞节后不久，海明威产生了极强的创作欲，在古巴哈瓦那郊区的别墅“观景社”，他开始动笔写《老人与海》（起初名为《现有的海》）。到 1951 年 2 月 23 日就完成了初稿，前后仅用了八周。4 月份海明威把手稿送给去古巴访问他的友人们传阅，博得了一致的赞美。海明威本人也认为这是他“这一辈子所能写得最好的一部作品”。

《老人与海》在中国有 30 多个译本，其中不乏名人之作，比如余光中和张爱玲。不过，吴劳的译本，却是在内地发行最早、群众基础最深的版本。当年，在《老人与海》出版后，评论家们就纷纷指出这简单的故事富有象征意味，是一则多层次的寓言。吴劳的译文忠实地反映了这则寓言。

从《老人与海》的故事本身来说，这是一曲英雄主义的赞歌。作者在这里跳出了早期作品中的那个“人被一个敌意的宇宙毫无理由地惩罚”的自然主义命题。《太阳照常升起》中的杰克·巴恩斯在大战中肉体受到创伤，不能像正常的人那样跟他所爱的人相爱，最后只能认命，说一句：“这么想想不也很好吗?”《永别了，武器》中的弗雷德里克·亨利，逃脱了战火的摧残，却眼看爱人难产身亡，无能为力，只能像跟石像告别那样离开了她的尸体，走向雨中。他们在厄运面前，至多表现得能“勇敢而富有风度地忍受”。但到了老人圣地亚哥，尽管一开头就处于不利的地位，84 天没捕到鱼，认为“倒了血霉”，别的渔夫都把他看做失败者，他“消瘦憔悴”，手上有“勒得很深的伤疤”，没钱买食物，得靠那男孩给他送来，然而他的英勇正在于知其不可为而为之，在第 85 天上决心“驶向远方”去钓大鱼。等到真的钓上了一条大马林鱼，明知对方力量比他强，还是决心战斗到底。“我跟你奉陪到死，”他说，因为当渔夫“正是我生来该干的行当”。等到鲨鱼一再来袭时，他用尽一切个人手段来反击。鱼被鲨鱼带走了，他把小刀绑在桨把上乱扎；刀子折断了，他用短棍；短棍也丢掉了，他用舵把来打；尽管结果鱼肉都被咬去了，但什么也无法摧残他的英勇意志。老人在第一条鲨鱼咬去了大约 40 磅鱼肉后说道：“人不是为失败而生的，一个人可以被毁灭，但不能给打败。”也正是这句话，道出了本书的主题。

《乱世佳人》——不完美的人格魅力

《乱世佳人》

米切尔　著
陈良廷　译

节　选

电影《乱世佳人》剧照

斯佳丽·奥哈拉长得并不美，但是男人一旦像塔尔顿家孪生兄弟那样给她的魅力迷住，往往就不大理会这点。她脸蛋上极其明显地融合了父母的容貌特征，既有母亲那种沿海地区法国贵族后裔的优雅，也有父亲那种肤色红润的爱尔兰人的粗野。不过这张脸还是挺引人注目，尖尖的下巴颏儿，方方的牙床骨儿。眼睛纯粹是淡绿色的，不带一点儿淡褐色，眼眶缀着浓密乌黑的睫毛，稍稍有点吊眼梢。上面是两道又浓又黑的剑眉，在木兰花似的洁白皮肤上勾画出两条触目惊心的斜线。那种皮肤深受南方妇女珍视，而且她们总是戴上帽子、面纱和手套，小心翼翼地保护好，免得给佐治亚的烈日晒黑。

1861 年 4 月，有一天下午阳光明媚，她在父亲的塔拉庄园宅前门廊的荫处，同塔尔顿家两兄弟斯图特和布伦特坐在一起，那模样真宛若画中人。她穿着那件绿花布的新衣，裙箍把用料十二码的波浪形裙幅铺展开来，跟她父亲刚从亚特兰大给她捎来的平跟摩洛哥羊皮绿舞鞋正好相配。她的腰围只有十七英寸，三个县里就数她腰身最细，那身衣服把她腰肢衬托得更见纤细。虽说年方十六，乳房却长得非常成熟，熨帖的紧身上衣把她乳房裹得格外显眼。尽管她长裙舒展，显得仪态端庄，一头乌丝光溜溜地用发网拢成一个发髻，显得风度娴雅，一双雪白的纤手交叉搁在膝上，显得举止文静，但真正的本性却难以掩饰。精心故作娇憨的脸上那对绿眼睛爱动、任性、生气勃勃，和她那份端庄的态度截然不同。原来她一贯受到母亲的谆谆告诫和黑妈妈的严格管教才勉强养成这副礼貌；她那双眼睛才显出她的本色呢。

那对孪生兄弟神态悠闲，懒懒靠在她两边的椅子上，眯细眼睛看着从明净熠亮的长窗里照进来的阳光，两双长腿裹着齐膝长靴，腿肚子鼓鼓的，潇洒地架着，有说有笑。他们今年十九岁，身高六英尺二，骨骼高大，肌肉结实，脸庞晒得黝黑，头发呈深枣红色，眼睛神采飞扬，傲气十足；身穿一模一样的蓝上衣，一模一样的芥末色马裤，哥儿俩活像两个一模一样的棉桃。

屋外，夕阳斜照着院子，在一片新绿背景衬托下，开着一簇簇饱满的白花的山茱萸给照得闪闪发亮。哥儿俩的坐骑拴在马车道上，都是高头大马，毛色像主人的头发一般红；马腿跟前围着一群精瘦、不安、专猎负鼠的猎狗在吵闹，斯图特和布伦特走到哪儿，这群猎狗就跟到哪儿。不远处，躺着一条跟随马车的黑花狗，当上贵族似的神气活现，口鼻全搁在爪子上，耐着性子等着哥儿俩回去吃晚饭。

在猎狗、马和哥儿俩之间有一层亲属似的密切关系，比他们那种持久的伙伴关系更深。主子家畜都是身体健壮、没有心事的幼仔，都是油光溜滑，优雅得体，精神饱满，哥儿俩就像两匹马那样精力充沛，不仅精力充沛，而且一副凶相，不过，对于懂得如何驾驭他们的人却显得脾气温驯。

门廊里坐着的这三个人虽然生来过惯舒适的庄园生活，一出世就有人悉心侍候，但他们的脸倒并非毫无血色，也不是细皮嫩肉。他们就像一辈子在野外生活，很少在枯燥的书本上用心的乡下佬那样生龙活虎，行动机灵。佐治亚州北部克莱顿县的生活还是新奇的，而根据奥古斯塔、萨凡纳和查尔斯顿等地的标准来看，却未免有点粗气。比较严肃和古板的南部地区对内地的佐治亚人很瞧不起，可是在这儿佐治亚北部，只要精通几件紧要的事就行了，不通文墨算不上丢脸。就说吧，棉花种得好，骑马功夫精湛，射击本领高强，跳舞姿态轻松，陪伴女士风度潇洒，酒量豪爽，毫无醉意，都算紧要事。这些能耐哥儿俩件件都精通，而他们对书本里的东西学来学去就是学不进去，其无能之闻名也是同样出众的。他们家钱多、马多、奴隶多，县里谁都比不过，可是他们俩腹中文墨还不如邻近大部分穷苦白人呢。

赏　析

《乱世佳人》的译本较多，傅东华、李美华、贾文浩、陈良廷等人都曾翻译过，其中陈良廷不再沿用书名《飘》，改名为《乱世佳人》。译者们各有千秋，陈良廷的翻译，色调洗练明净，笔触潇洒超脱而又不失内在的激情和现实主义的深度，并且语言朴实、大众化，为读者所喜闻乐见。

纵观文坛，像玛格丽特·米切尔一样，仅凭一部作品就在文坛中占据一席之地的作家可谓绝无仅有。甚至电影版的《乱世佳人》也成了影坛上的经典之作。不知有多少人为费雯·丽版俏皮亮丽的斯佳丽神魂颠倒，为克拉克·盖博版的瑞特那嘴边轻轻扬起的一丝坏笑而茶饭无味。所以，当故事的结尾，在有情人却没能够终成眷属时，人们内心还是留有遗憾的。遗憾的美也让这部著作历久弥新。

斯佳丽的大半生是为爱所迷惑的。因为迷惑而做了很多错事。直至最后她才发现，原来她一直钟爱的阿希礼并不爱她，也不曾像她所想的那般优秀。其实她爱的并不是阿希礼，她爱的始终是自己内心所塑造的一个完美形象。阿希礼越是拒绝她，她心中的那个形象就越被自己塑造得完美。这正应了中国的一句老话：得不到的就是最好的——而恰恰因为她错误的迷恋，才使她错过身边真正的幸福。

斯佳丽身上充满着魅惑，纵使她自私、虚荣、爱出风头、拜金、享乐，她如此的不完美，我们仍然热爱这个角色，并且被这个角色打动。她拯救了塔拉庄园，养活着阿希礼一家，正像有些评论者所言，她是一个勇敢的斗士。玛格丽特·米切尔是将她作为英雄来塑造的。她曾经告诉友人："我经常在想，为什么读者会喜欢这本书。或许因为它写的是一个象征勇敢的故事，才引起读者的共鸣吧。我相信，这个世界，只要有勇气，就不会毁灭。"与斯佳丽相比，男性角色却显得或愚蠢，或怯懦，如阿希礼。只有对她无比欣赏的瑞特，才显出了男子气，而他，只不过是斯佳丽即将征服的下一个目标。可见她是如何地勇敢和充满希望，才会说出那句至理名言：无论如何，明天又是另外一天了。

与斯佳丽的锋芒毕露相比，她的表妹媚兰犹如黑暗中的一盏灯，宇宙中的一颗明星，她发出的光芒也是无法遮盖的。媚兰所拥有的美德照亮着、滋养着读者的心灵。缺少媚兰，《飘》就缺少生机，缺少人性的光辉。然而我们知道她也是不完美的，她的偏信也在折磨着她自己。但是在媚兰身上，我们可以看到她的温柔善良，外柔内刚，她是一位无比美丽的女人。她理解丈夫，对丈夫爱得热切；她爱国，善良的她也爱她的敌人；她感激斯佳丽，从心底上，虽然她不知道斯佳丽对她的心情是多么复杂。媚兰相信，爱是可以传递的。当战争终于结束，她痛恨的北佬士兵来到她门前要求照顾而她们自己也没有过多粮食时，她还是尽她所能地帮助他们，因为她希望在远方也有一个好心的北佬女人给她正在回家的丈夫一口饭吃。

小说中，还有一个令万千女性神魂颠倒的瑞特。瑞特的形象更加不完美，名声不好、投机、不守规矩、迷恋女色，但是依然无法阻挡他的人格魅力。如果说，斯佳丽对待阿希礼是"得不到的永远骚动"，那么瑞特对斯佳丽的爱就可以堂而皇之地理解为"被偏爱的都有恃无恐"。斯佳丽并不完美，纵然有着美丽的容颜以及魔鬼的身姿，但是颜这东西，始终扛不住时间的摧残。但是瑞特对斯佳丽的爱，开始了便未停止过。瑞德在最后说道："你有没有想到过，我爱你已经达到了一个男人爱一个女人的极点？你有没有想到过，在我得到你之前，我已经爱了你多年？战争期间，我曾多次想远走高飞，把你忘掉，可我总是忘不掉，每次都要再回来。战后，我冒着被捕的危险赶回来，也是为了要找到你。可你却那么匆忙地嫁给了弗兰克。我真嫉妒死了。倘使那次弗兰克没死，我也会把他杀死的。我一直爱着你，可我又不能让你知道。你对那些爱你的人实在是太残酷了，斯佳丽。你会抓住他们的爱，把它像鞭子一样在他们头上挥舞。"在那个时代，在所有认识斯佳丽的人中，也只有瑞特在看清了斯佳丽的真实面目之后还会爱她。

主人公之间的悲喜轮回，牵动着读者的心。但是，天已然过去，不论你是挫败、得意、骄傲还是痛苦，让昨天随风而逝，就像小说的名字：Gone with the wind。而明天，又是另外一天了。

趁那麦田，还剩一抹金色

《麦田里的守望者》

塞林格　著

施咸荣　译

节　选

你要是真想听我讲，你想要知道的第一件事可能是我在什么地方出生，我倒楣的童年是怎样度过，我父母在生我之前干些什么，以及诸如此类的大卫科波菲尔式废话，可我老实告诉你，我无意告诉你这一切。首先，这类事情叫我腻烦；其次，我要是细谈我父母的个人私事，他们俩准会大发脾气。对于这类事情，他们最容易生气，特别是我父亲。他们为人倒是挺不错——我并不想说他们的坏话——可他们的确很容易生气。再说，我也不是要告诉你他妈的我整个自传。我想告诉你的只是我在去年圣诞节前所过的那段荒唐生活，后来我的身体整个儿垮了，不得

塞林格

不离家到这儿来休养一阵。我是说这些事情都是我告诉 D. B. 的，他是我哥哥，在好莱坞。那地方离我目前可怜的住处不远，所以他常常来看我，几乎每个周末都来，我打算在下个月回家，他还要亲自开车送我回去。他刚买了辆“美洲豹”，那是种英国小轿车，一个小时可以驶两百英里左右，买这辆车花了他将近四千块钱。最近他十分有钱。过去他并不有钱。过去他在家里的时候，只是个普通作家，写过一本了不起的短篇小说集《秘密金鱼》，不知你听说过没有。这本书里最好的一篇就是《秘密金鱼》，讲的是一个小孩怎样不肯让人看他的金鱼，因为那鱼是他自己花钱买的。这故事动人极了，简直要了我的命。这会儿他进了好莱坞，当了婊子——这个 D. B. 。我最最讨厌电影。最好你连提也不要向我提起。

我打算从我离开潘西中学那天讲起。潘西这学校在宾夕法尼亚州埃杰斯镇。你也许听说过。也许你至少看见过广告。他们差不多在一千份杂志上登了广告，总是一个了不起的小伙子骑着马在跳篱笆。好像在潘西除了比赛马球就没有事可做似的。其实我在学校附近连一匹马的影儿也没见过。在这幅跑马图底下，总是这样写着：“自从一八八八年起，我们就把孩子栽培成优秀的、有脑子的年轻人。”完全是骗人的鬼话。在潘西也像在别的学校一样，根本没栽培什么人材。而且在那里我也没见到任何优秀的、有脑子的人。也许有那么一两个，可他们很可能在进学校时候就是那样的人。

嗯，那天正好是星期六，要跟萨克逊·霍尔中学赛橄榄球。跟萨克逊·霍尔的这场比赛被看做是潘西附近的一件大事。这是年内最后一场球赛，要是潘西输了，看样子大家非自杀不可。我记得那天下午三点左右，我爬到高高的汤姆孙山顶上看赛球，就站在那尊曾在独立战争中使用过的混账大炮旁边。从这里可以望见整个球场，看得见两队人马到处冲杀。看台里的情况虽然看不很清楚，可你听得见他们的吆喝声，一片震天价喊声为潘西叫好，因为除了我，差不多全校的人都在球场上，不过给萨克逊·霍尔那边叫好的声音却是稀稀拉拉的，因为到客地来比赛的球队，带来的人总是不多的。

在每次橄榄球比赛中总很少见到女孩子。只有高班的学生才可以带女孩子来看球。这确实是个阴森可怕的学校，不管你从哪个角度看它。我总希望自己所在的地方至少偶尔可以看见几个姑娘，哪怕只看见她们在搔胳膊、擤鼻子，甚至在吃吃地傻笑。赛尔玛·绥摩——她是校长的女儿——倒是常常出来看球，可像她这样的女人，实在引不起你多大兴趣。其实她为人倒挺不错。有一次我跟她一起从埃杰斯镇坐公共汽车出去，她就坐在我旁边，我们俩随便聊起天来。我挺喜欢她。她的鼻子很大，指甲都已剥落，像在流血似的，胸前还装着两只假奶，往四面八方直挺，可你见了，只觉得她可怜。我喜欢她的地方，是她从来不瞎吹她父亲有多伟大。也许她知道他是个假模假式的饭桶。

赏　析

杰罗姆·大卫·塞林格是20世纪下半叶最重要的作家之一，人们纪念他，不仅仅因为他的文学成就，更因为《麦田里的守望者》写出了不止一代人心中的迷惘与无助，并成为一代又一代读者的青春记忆。

《麦田里的守望者》1963年由施咸荣译为中文。《The Catcher in the Rye》中的"Catcher"原意是棒球队的"捕手"，台湾译本就将其翻译为《麦田捕手》。但彼时中国人几乎不知棒球为何物。施咸荣本想译作《麦田里的看守人》，感觉不妥，后来偶然想起海岛上看守灯塔的人，才定下"守望者"一词。"守望者"这一词不但传神，更在第一时间抓住了彼时中国思想界的实质：忧伤、无助、守望、挣扎，有一点点自怜，但绝不主动行动。回过头来看，如果没有"守望者"这个词，塞林格这本书在中国是不是很难获得今日这般的影响力？

施咸荣的儿子施亮曾回忆："上世纪60年代初，先父施咸荣在人民文学出版社的外国文学编辑部，负责英美文学书籍的编辑审稿工作。他与黄爱先生为了介绍研究西方当代文学的各流派，以'仅供参考'的内部书名义，出版了一批'黄皮书'。这些书的版权页上不注明发行多少册，而标明了是以作家出版社、中国戏剧出版社的名义出版的，可当时这两个出版社只是'影子出版社'，没有机构，也没有人员，不过是人民文学出版社的另一个牌子而已。出版内部发行的书籍，用国家出版社的牌子不妥，就用别的出版社的牌子。"

这一批书中就有塞林格的《麦田里的守望者》，以及杰克·凯鲁亚克的《在路上》，还有一批现代派的剧本，其中包括荒诞派的《等待戈多》，“愤怒的青年”的代表作《愤怒的回顾》，先锋派戏剧《椅子》和“反戏剧派”的《老妇还乡》。

这批书在一个小圈子里迅速流传。《麦田里的守望者》让中国读者第一次知道了塞林格，也在小圈子里面形成了第一个塞林格的读者群，如果当时有“粉丝”这个词的话，那这些读者无疑就是塞林格最早的粉丝。

上世纪八十年代初期，西方文学终于可以公开大量引进，《麦田里的守望者》由漓江出版社出版，1983 年第一版就印了四万六千多册，仍是施咸荣的译本。有数据显示，1983 至 1986 年，漓江出版社三年就发行《麦田里的守望者》6.2 万册；1996 至 2004 年，译林版《麦田里的守望者》累计印刷 35 万册。

塞林格大规模地影响了那些文学青年，有人论证，陈建功、刘索拉、陈村、王朔的一些作品“都照出了塞林格的影子”，格非、韩东、石康等人也从不讳言对塞林格的崇敬。苏童就曾经表示，塞林格是他大学时代最痴迷的作家，而止庵认为，如果没有塞林格，就没有王朔，也没有王小波。

《麦田里的守望者》，其实并不那么好翻译。它的自述成分太多，所以需要翻译者多少有一些主人公那样的气质，才能以那样的口吻说话。书中“霍尔顿”的话没有人听。他进了医院，书写到这里就完了。谁也不知道后来发生了什么，霍尔顿就这样，留给人们一个他前途未卜的 17 岁。这么一段话相信很多人都熟记于心：“有那么一群小孩子在一大块麦田里做游戏，几千几万个小孩子，附近没有一个人——没有一个大人，我是说——除了我。我呢，就站在那混账的悬崖边。我的职务是在那儿守望，要是有哪个孩子往悬崖边奔来，我就把他捉住——我是说孩子们都在狂奔，也不知道自己是在往哪儿跑，我得从什么地方出来，把他们捉住。我整天就干这样的事儿。我只想当个麦田里的守望者。”

2010 年 1 月 27 日，塞林格在位于美国新罕布什尔州的家中去世，享年 91 岁。塞林格的去世再度引发了一场纪念热潮，尽管很多人对塞林格的其他作品知之甚少。这纪念与文学无关，仅与青春记忆有关。然而回首往事，人们还是应该感谢施咸荣先生。他用“守望者”这个词语，让中国读者对塞林格的书产生了深深的心灵共鸣，从而让一本伟大的青春小说避免了像《九故事》那样只流传在知识界的命运。当然，更重要的是，他也用这个词告诉我们，即使是“守望者”，也有可能像“捕手”那样行动起来，趁着那片正在荒芜的麦田，还剩下最后一抹金色。

阅读的乐趣在于解开谜底

《达·芬奇密码》

丹·布朗 著
朱振武 译

节 选

罗伯特·兰登慢慢醒来。

黑暗中电话铃响了起来——一种微弱的、不熟悉的响声。他伸手去摸床头灯，把灯打开。他眯着眼打量了一下环境，发现这是一间文艺复兴风格的豪华卧室，路易十六风格的家具，装饰有手工湿壁画的墙面，还有一张宽大的四柱红木床。

我到底是在什么地方？

挂在床柱上的提花浴衣上写着：巴黎丽兹酒店。

雾在慢慢散去。

兰登拿起听筒，“您好！”

“兰登先生吗？”一个男人的声音问道，“但愿我、没有吵醒您！”

他睡眼惺忪地看了看床边的钟。午夜十二时三十二分。他刚睡了一个小时，但感觉如昏死过去似的。

“我是酒店接待员，先生。打扰您了，很抱歉，但是有位客人要见您。他坚持说事情非常紧急。”

兰登还是丈二和尚摸不着头脑。客人？这时他的目光汇聚到床头柜上一页皱皱巴巴的宣传单上：巴黎美国大学竭诚欢迎哈佛大学宗教符号学教授罗伯特·兰登今晚莅临赐教。

兰登哼了一声。今晚的报告——一幅有关隐藏于沙特尔大教堂基石上的异教符号幻灯片——很可能激怒了哪位保守听众。极有可能是有宗教学者上门找碴儿来了。

“对不起，我累了，而且……”兰登说。

“可是，先生，”接待员赶紧打断了他，压低了声音，急迫地耳语道，“您的客人是位重要人物。”

毫无疑问，他的那些关于宗教绘画和教派符号学的书使他不太情愿地成了艺术圈子里的名人。去年他与一个在梵蒂冈广为流传的事件有牵连，此后他露面的频率提高了上百倍。打那以后，自命不凡的历史学家和艺术迷们便源源不断地拥向他家门口。

兰登尽量保持礼貌地说：“麻烦您记下那人的姓名和电话号码，告诉他我在周二离开巴黎前会给他打电话。谢谢。”接待员还没来得及回话，他便挂上了电话。

兰登坐了起来，对着旁边的《客人关系手册》蹙着眉头。手册封面上自吹自擂地写道：如婴儿般沉睡于灯火辉煌的城市，酣睡于巴黎丽兹酒店。他转过头疲倦地凝视着对面的大镜子。回望着他的是个陌生人，头发乱蓬蓬的，疲惫不堪。

你需要休假，罗伯特。

去年他可元气大伤，憔悴了许多。但他不愿意在镜子里得到证明。他本来锐利的眼睛今晚看起来模糊呆滞。硕大干瘪的下巴上满是黑黑的胡茬儿。在太阳穴周围，花白的毛发与日俱增，正侵蚀他那浓密的又粗又黑的头发。虽然他的女同事们一直说花白的头发使他显得更儒雅，可兰登不那么想。

赏　析

朱振武的翻译让不少人诟病，不过不可否认，正是通过朱译本，才让百万中国读者接触了这部风靡全球的作品。

故事从卢浮宫博物馆的馆长索尼埃被杀开始。索尼埃被枪击中胃部，但在生命的最后几分钟里，他竟把自己全身的衣服剥去，仰面朝天躺在地上，四肢伸展开来，做成一个达·芬奇“维特鲁威人”姿势，用手蘸自己的鲜血在腹部画了一个五角星，还在身旁写下几行谜样的数字和诗句。

悬念由此开始扩散，谋杀，追捕，宗教学，历史，推理，密码，艺术等多种元素开始一一呈现在作者眼前，显然这远远不够，阴谋背后的郇山隐修会、基督教会、天主事工会、圣殿骑士团、罗马教廷的宗教组织……令人瞠目结舌。13-3-2-21-1-1-8-5数字背后的秘密，犹如黑洞一样，将读者没有任何余地地吸入它的漩涡之中，欲罢不能。

索尼埃所保护的并最终导致他被杀害的秘密是什么？谁在背后策划了这一谋杀案？

小说以不同的人物同时展开几条故事线，谜底也伴随着主人公一步步揭开。字母的排序和数字难题不仅在考验着我们的主人公，也在不断地挑战着读者。在阅读本书的过程中，人们一次次被丹·布朗颠覆性的思想所震撼。尤其是他对于达·芬奇多幅作品中的秘密猜想更是令人对这位天才更加感兴趣了。而这一切，都是为了揭开“圣杯”这一神秘事物真相的铺垫。圣杯究竟是什么？它到底藏于何处？这才是丹·布朗设下的最终谜题。

《达·芬奇密码》使名不见经传的丹·布朗声名显赫，这本书2003年3月18日出版，就以750万本的成绩打破美国小说销售记录，成为有史以来最卖座的小说。随后电影版横空出世，赚足票房。社会对这位天才作家也赞赏有加。《纽约时报》就曾赞誉丹·布朗：“《哈利·波特》出版之后，还没有一位作家设下这样的圈套哄骗读者，诱使他们屏住呼吸来追逐情节，并罪大恶极地公然以此为乐。”

一本书成功后，总免不了谈谈原因，《达·芬奇密码》的成功始终与它曲折精巧的情节分不开。小说的情节扣人心弦，几乎每章都给读者设下了悬念。有时候看似“山穷水尽”，却又峰回路转、柳暗花明。情节的跌宕起伏，令读者欲罢不能，不忍释卷。

除了丹·布朗精心布局的情节，《达·芬奇密码》还给人一种怀旧的感觉，因为通篇没有西方通俗小说中常见的性描写，文笔清新干净。布朗不但不写性，连爱情都几乎不写。兰顿和苏菲是那样地相互救助，生死与共，却只是到了小说最后才有一点点微弱的爱情表示。简洁明朗中显惊心动魄，这才是真正的大家风范。

我还年轻，我还渴望上路

《在路上》

凯鲁亚克　著
文楚安　译

节　选

这是一次寻常的公共汽车旅行，车上婴儿又哭又叫，窗外阳光炙热。在宾夕法尼亚州境内的每一个小镇，汽车都要停下，让当地百姓上车。到了俄亥俄平原汽车才真正地奔驰起来，经过阿希塔巴拉后，便直接横穿印第安纳州，那已是夜晚了。次日清晨到芝加哥还很早，我在基督教青年会租了一间房便上床睡觉，口袋里已没剩下几文钱。美美地睡了一觉后，我对芝加哥的了解便由此开始了。

凯鲁亚克

从密歇根湖上吹来阵阵微风，大环商业中心演奏的波普爵士乐震耳欲聋，我曾沿南霍尔斯特德和北克拉克一带久久徜徉。有一次半夜，我曾一直漫步进入流浪汉宿营地，一辆巡查车紧跟我身后，以为我行为可疑。1947 年那阵子，波普爵士乐狂风般地席卷全美国，在芝加哥商业中心区人们也在演奏，可是劲儿不足，懒洋洋的，因为当时波普爵士乐正处于这样一段时期，查理·柏克已崭露头角，而与之角逐的是迈尔斯·戴维斯。晚上，我坐在那儿倾听那代表着一代风尚的波普爵士乐演奏时，不禁想到我在美国各地的伙伴们。此刻，他们一定聚集在同样的场所，沉醉于爵士乐演奏中手舞足蹈，欣喜若狂。

次日下午，我有生以来第一次踏上了去西部的旅程。天气和煦温暖，便于搭车。好容易才从芝加哥混乱拥挤的交通中脱身，我乘公共汽车到了伊利诺伊州乔利埃特，经过乔利埃特监狱，在城里枝叶繁茂摇曳的街道上溜达，后来到城外，继续西行。从纽约到乔利埃特，我都乘公共汽车，随身携带的钱已花去大半。

我最先坐上了一辆运载炸药的货车，车上挂着一面小红旗，在进入处处青翠可爱的伊利诺伊州大约三十英里时，司机指着 6 号公路，我们乘坐的货车正在上面行驶。6 号公路在这儿同 66 号公路相交，可在这以前，这两条公路各自向西延伸，行程难以说清。大约在下午 3 点，我在路边停车站吃了一个苹果饼和一粒冰激凌，一个女人开着一辆微型小汽车停在我面前。这是我刚刚追过的小车，所以我先是心情懊恼继而又隐约感到一阵难言的兴奋。这女人已到中年，说实在的是个母亲，她的儿子或许也同我年纪相仿。她想找个人帮忙把车开到衣阿华。衣阿华！我欣然同意。衣阿华离丹佛不远，一旦到达丹佛我便可以轻松一下。她先开车。几个小时过去了，每到一处她总坚持要停一停，去看看那儿的古老教堂，好像我们是游客似的。后来，我坐在驾驶位上，虽说我开车并不太在行，我仍然跑完了在伊利诺伊州的其余路程，途经岩岛抵达衣阿华州的达文波特。我第一次在这儿看到我憧憬已久的密西西比河。在夏日的薄雾中，密西西比河看起来并不迷人，水并不很深，散发出的阵阵腥臭味儿就像你在美国这具粗野的身躯上闻到的那样，因为河水刚刚将这身躯洗净。岩岛的铁轨，简陋的住屋，小城的中心区；桥对面的达文波特同岩岛一样是个小城，虽说同样享受着中西部温暖的阳光，但也同样令人感到索然无味。中年女士要从这儿的另一条公路返回她在衣阿华居家的小城，我便下车。

赏 析

你听过德普的爵士乐吗？那种原始的、疯狂的、野性的、也是最真实的声音。《在路上》中“垮掉的一代”追求的是否正是这样刻骨铭心的真实？于是这群“垮掉的一代”背起行囊，在爵士的嘶吼声，走上寻找自我的旅途。

这是一群什么样的年轻人？在经历了漫长的第二次世界大战后，在目睹战争中数百万犹太人被纳粹德国残酷屠杀后，在美国向日本广岛、长崎投掷原子弹将城市夷为平地的时候，在深切感受战争对人类文明的严重破坏和摧残后，这批年轻人对人类文明与进步的信念发生了极大的动摇。他们开始漫无目的地漂泊在美国大地上，他们开始过着一种脱离了惯常轨道的生活，酗酒、吸毒、四处流浪，他们介乎流氓与圣徒、浪荡子与朝圣者之间，他们把没有信念当做自己的信念。他们迷茫、不知所措，正如《在路上》中迪安·莫里亚蒂半夜在街头喊出的那句“人类啊，你的道路是什么样的呢？”

《在路上》的主人公迪安·莫里亚蒂就是这样“垮掉的一代”的代言人。小说中迪安从小缺乏正规教育，父亲因盗窃而入监狱，未成年时便沾染偷盗等恶习。他被浸染的童年可以说是一枚小小的定时炸弹，藏在杰安的体内，注定他后来漂泊的人生旅途。贫困、邪恶和童年美好的缺失，决定了迪安的性格和命运。他出生时所接受到的第一份礼物并不是上帝给他的栗子蛋糕，而是一枝罂粟。因此，他选择激烈的方式作拼命的抵抗，决不妥协，不留任何余地。他不要过正常人的生活，不要被扔进世俗的熔炉。他颠倒着看这个世界。在他的带动下，几个年轻人，搭车赶路，结识陌生人，放纵性情，随心所欲，在聚众旅行的狂欢中，几乎没有道德底限，即使落魄如乞丐，但只要“在路上”就是惬意的，萨尔曾经由衷地感叹：“啊，美好、温暖的夜晚，月光如水，搂着你的姑娘，喝喝酒，说说话，啐啐唾沫，简直是天上人间！”

然而，透过这些繁杂的表象，《在路上》的主题似乎没有那么快乐。迪安他们不停地穿梭于公路与城市之间，每一段行程都有那么多人在路上，孤独的、忧郁的、快乐的、麻木的……纽约、丹佛、旧金山……城市只是符号，是路上歇息片刻的驿站，每当他们抵达一个地点，却发现梦想仍然在远方，于是只有继续前进。他们从始至终寻找的都是灵魂层面的精神解脱。

关于“垮掉”的定义，杰克·凯鲁亚克自己早有说明：“Beat 并不意味着疲劳或疲惫等等，因为它如意大利文 beano 那样意思是天使般的快乐幸福。”《在路上》还有一句：“我还年轻，我渴望上路。”这句话也充分地反映出了凯鲁亚克对于青春的态度和理解。它所有的激动人心之处，只在于它的真实与疯狂。正如凯鲁亚克用一部打字机和一卷 120 英尺长的打印纸，仅仅在 20 天的时间里，就完成了《在路上》的初稿。任凭思绪打开，就像奔跑在苍茫的大地上，整个世界都在你耳边后退，风驰而逝的感觉，描述是模糊的，但是表达却是清晰的。阅读《在路上》，不必咬文嚼字，跟着凯鲁亚克行走在公路上最重要。对于凯鲁亚克来说，年轻，有什么不可以？

《在路上》影响着一代又一代大胆追求理想的年轻人。时至今日，这本书的吸引力仍然很大，很多人在旅途中仍喜欢带上一本《在路上》。

该书译者文楚安，致力于翻译美国文学、尤其是美国“垮掉一代”的研究及译介。对于任何译者来说，翻译《在路上》都是一件很有挑战的工作。文字、情节、故事的跨越时空性都给翻译带来难度，这本书的价值观也并非所有人都能认同。几个版本的《在路上》，文楚安版译文最受读者青睐，他的字里行间都敲击着年轻人渴望飞翔的心。

美国文学中最漂亮的演讲

《林肯在葛底斯堡的演讲》

主讲：亚伯拉罕·林肯

时间：1863 年 11 月 19 日

地点：美国，宾夕法尼亚，葛底斯堡

翻译：吴士异

译　文

八十七年以前，我们的祖先在这大陆上建立了一个新的国家，它孕育于自由，并且献身给一种理念，即所有人都是生来平等的。

当前，我们正在从事一次伟大的内战，我们在考验，究竟这个国家，或任何一个有这种主张和这种信仰的国家，是否能长久存在。我们在那次战争的一个伟大的战场上集合。我们来到这里，奉献那个战场上的一部分土地，作为在此地为那个国家的生存而牺牲了自己生命的人永久眠息之所。我们这样做，是十分合情合理的。

可是，就更深一层意义而言，我们是无从奉献这片土地的，无从使它成为圣地——也不可能把它变为人们景仰之所。那些在这里战斗的勇士，活着的和死去的，已使这块土地神圣化了，远非我们的菲薄能力所能左右。世人会不大注意，更不会长久记得我们在此地所说的话，然而他们将永远忘不了这些人在这里所做的事。相反，我们活着的人应该献身于那些曾在此作战的人们所英勇推动而尚未完成的工作。我们应该在此献身于我们面前所留存的伟大工作。由于他们的光荣牺牲，我们要更坚定地致力于他们曾作最后全部贡献的那个事业。我们在此立志誓愿，不能让他们白白死去。要使这个国家在上帝庇佑之下，得到新生的自由——要使那民有、民治、民享的政府不致从地球上消失。

赏 析

《林肯在葛底斯堡的演讲》是美国南北内战中，为纪念在葛底斯堡战役中阵亡战士所做的一篇演讲。是林肯最出名的演讲，也是美国文学中最漂亮、最富有诗意的文章之一。

林 肯

这篇演讲有超过十个中译本。来看一看这篇演讲的背景：1863年7月3日的葛底斯堡战役是美国南北战争中最为残酷的一战，是南北战争的转折点。这场战役交战双方共死了51000人，而当时的美国只有几百万人口。

对于美国来说，这是一次巨大的损失和哀痛。战争结束四个月后，林肯总统到葛底斯堡战场访问，为这场战役的阵亡将士墓举行落成仪式，同时发表了这篇演讲。从此，这篇演讲被认为是英语演讲中的最高典范。重要的是，林肯在演讲中表达了一个政府存在的目的——民有、民治、民享。其演讲手稿如今被藏于美国国会图书馆，演说辞被铸成金文，长存于牛津大学。至今，人们也常在许多重要场合提起或朗诵它。这虽是一篇庆祝军事胜利的演说，但它没有好战之气。相反，这是一篇感人肺腑的颂辞，赞美那些作出最后牺牲的人们，以及他们为之献身的那些理想。

林肯的葛底斯堡演说是在火车的行进中构思而成的。短短一篇演讲，一气呵成，毫无赘言和矫饰，整篇演讲10句话，266个字，可以说是字字珠玑。演讲虽然短暂，但是时间、地点、人物交代得一清二楚。演说中提到：内战是为民主、平等和自由而战；其目的是建立一个新的国家，实现一个新的理念。演说提到了建立墓地的初衷是纪念“在这里战斗的勇士，活着的和死去的勇士”；意义是让“我们活着的人应该献身于那些曾在此作战的人们所英勇推动而尚未完成的工作”；使“民有、民治、民享的政府永世长存”。

然而，让人们久久不能忘怀的，是这篇演讲所表达的思想——短短的演讲充满了对伟大事业的肯定和赞扬；对自由、平等、民主的憧憬；对继承并完成“那些曾在此作战的人们所英勇推动而尚未完成的事业”的誓愿和决心。整篇演讲环环相扣，不留任何缝隙和悬念。

对惠特曼的“复现”：形似才能神似

《哦，船长，我的船长！》

惠特曼 著

江 枫 译

节 选

江 枫

哦，船长，我的船长！
我们险恶的航程已经告终。
我们的船安渡过惊涛骇浪，我们寻求的奖赏已赢得手中。
港口已经不远，钟声我已听见，万千人众在欢呼呐喊，
目迎着我们的船从容返航，我们的船威严而且勇敢。
可是，心啊！心啊！心啊！
哦，殷红的血滴流泻，
在甲板上，那里躺着我的船长，
他已倒下，已死去，已冷却。

哦，船长，我的船长！起来吧，请听听这钟声，
起来——旌旗为你招展——号角为你长鸣。
为你，岸上挤满了人群——为你，无数花束、彩带、花环。
为你，熙攘的群众在呼唤，转动着多少殷切的脸。
这里，船长！亲爱的父亲！

你头颅下边是我的手臂！
这是甲板上的一场梦啊，
你已倒下，已死去，已冷却。

我们的船长不作回答，他的双唇惨白、寂静，
我的父亲不能感觉我的手臂，他已没有脉搏、没有生命。
我们的船已安全抛锚碇泊，航行已完成，已告终，
胜利的船从险恶的旅途归来，我们寻求的已赢得手中。
欢呼，哦，海岸！轰鸣，哦，洪钟！
可是，我却轻移悲伤的步履，
在甲板上，那里躺着我的船长，
他已倒下，已死去，已冷却。

赏　析

诗歌曾被认为是不可翻译之物。因为其独特的文体和形式，在翻译中，“丧失”的远比保留的多。但是人类自古以来一直都在努力进行跨民族、跨文化、跨语言之间的交流、沟通。从晚清苏曼殊等人用格律诗翻译西方诗歌、到胡适倡导白话译诗，从卞之琳在翻译中实践“以顿践行”，到江枫主张的“形似才能神似”，中国历代文人一直在尽最大努力，将几乎不可能之事变为可能，把可能的丧失降到最低。

《草叶集》，这部以自然界最平凡、最普遍、最生生不息之物命名的诗集，是美国历史上最伟大的浪漫主义诗人惠特曼的代表诗，内涵深广，气象恢宏。他开创了新的诗风，对美国乃至世界诗坛产生了相当大的影响。全集收录了惠特曼从1855年初版的12首诗到1892年的401首诗，记录着诗人一生的思想和探索历程。这不仅是他的个人史诗，也是十九世纪美国的史诗。

惠特曼生于美国独立后约半个世纪，也就是那个资产阶级共和国在新大陆蒸蒸日上的时代。他出生于长岛亨廷顿区西山村一个农民兼手工艺者的家庭，11岁即离开学校开始独立谋生，先在律师事务所和医生诊所当勤杂工，后来到印刷厂当学徒和排字工，当乡村学校教师、报纸编辑和地方党报撰稿人。

惠特曼在青少年时代接受了民主思想，成为一个激进民主主义者，同时开始学习写作。但那个时期，他的文学创作停滞在因袭模仿的阶段，没有什么成就。到1849年，他改弦易辙，经过几年的默默探索，他于1855年推出了《草叶集》。惠特曼在《过去历程的回顾》中谈到自己写《草叶集》的背景、动机和主旨时说："我没有赢得我所处的这个时代的承认，乃退而转向对于未来的心爱的梦想……这就是要发愤以文学或诗的形式将我的身体的、情感的、道德的、智力的和美学的个性明白无误地说出来。"写"我"自己，以表现"我的特殊的时代和环境、美国、民主"——这便是《草叶集》的主旨，是惠特曼当初的"梦想"，经过他37年的不懈努力，基本上实现了。

《草叶集》问世前，美国文学主要仍是英国文学传统移植到新大陆的产物。以爱默生为代表的革新派思想家和作家一再提出要建立美国自己的新文学。《草叶集》的出版不仅是惠特曼个人文学生涯的真正开端，也是美国文学史上一件石破天惊的大事。

《哦，船长，我的船长!》是惠特曼《草叶集》中的名篇，也是音乐性极强的一首格律诗。诗歌创作于1865年，为悼念林肯总统所作。全诗构思精巧、组织严密，感情深沉而炽烈，是惠特曼得到普遍赞扬的诗篇之一。原诗由三个八行诗节组成，每节诗包括四行长诗和四行短诗。四行短诗都采用逐行缩进两个字母的格式书写。全诗的三个诗节，俨然一艘巨轮远航归来，年轻的船员踏着老船长的血迹、前赴后继，深沉而悲壮。这在视觉上不仅产生了一种形式美，更在语义表达上，留给读者想象的空间。

江枫在翻译诗歌时，坚持把忠于形式放在第一位，达到"以似致信"。在他的这首译诗中，他几乎将原诗结构完整地移植了过来。译诗也由三个八行诗节组成，诗行如原诗般错位排列。对于诗歌来说，篇章结构为其提供了独特的表达环境，具有无可替代的形式意义；在江枫对原诗结构的复现中，再现了原诗所表达的意义。

艾米莉·狄金森：简洁的爱和喜悦

《为什么我爱你，先生》

狄金森 著
江 枫 译

译 文

为什么我爱你，先生
因为——风，从不要求小草
回答，为什么他经过
她就不能动摇
闪电，从不询问眼睛，
为什么，他经过时，要闭上
因为他知道它说不出
有些道理，
难以言传

日出，先生，使我不能自己
因为他是日出，我看见了
所以，于是
我爱你

赏 析

艾米莉·狄金森，1830 年 12 月 10 日午夜出生在美国马萨诸塞州当时还是个小镇的艾默斯特。到 1886 年 5 月 15 日黄昏在昏迷中离去，她给人间留下了自成一格、独放异彩、数量可观的篇什。

有人曾断言，她是自公元前7世纪古希腊萨福以来西方最杰出的女诗人；有人就驾驭语言的能力和对人性的探究而言，甚至把她与莎士比亚和但丁相提并论。由于诗作被译成了各种文字，狄金森可以说是世界上影响最大、拥有读者和研究者最多的女诗人，不是之一，而是唯一。

她的诗作，和惠特曼的一样，被公认为标志着美国诗歌新纪元的里程碑。但他们风格迥异。惠特曼的艺术境界是宏观的、外向的；狄金森则倾向于微观、内省。如果能用“豪放”表述惠特曼诗风的主要特征，也许可以说狄金森的艺术气质近乎“婉约”。

狄金森

尽管如此，艾米莉·狄金森在中国还是一个“冷门”。能买到的译本包括江枫译本、吴钧陶、吴起仞译本（简称吴译本）、孙亮译本和王晋华译本。其中江枫译本最早于1984年出版，也是大陆首个狄金森诗歌译本。

江枫译本出现最早，再版次数最多，发行量最大，其译本无论在普通读者还是在研究者中均有良好口碑。江枫是资深诗歌翻译家，对译诗有独到造诣，他一向提倡译诗要形神兼似。狄金森诗歌形式短小奇特，表述言简意赅，颇具简约风格。江枫的译文体现了他一向倡导的译诗原则，在形式和选词表述上都尽量与原文契合，所以也具有简约的特点。他对原文的误读很少，所以，他最好的译文能译得很传神。而他再差的译文，即使因为简约过了头而偶有生硬、机械之感，或对原诗个别字句理解有误，但一般也不会对整首诗的理解和表达产生大的影响。这样江译文在总体上就保持着一个较稳定的质量。这恐怕是其译本获得普遍赞誉的重要原因。

艾米莉·狄金森生前默默无闻，只公开发表过十多首诗，她去世之后，1890年，她的第一本诗选集出版后引起轰动，年内再版7次。

1891 年她的第二本诗集出版，两年内再版 5 次，1896 年又出版了第三本诗选集。

艾米莉·狄金森热爱生命，她试图多侧面、多层次、多角度地探索、解释和表达生的意义。她的创作盛期恰与美国南北战争同时，她并没有正面写她不熟悉的战争，但也不回避战争。她的诗里有引人注目的大量死亡，因为在她所接触的狭小天地里，有许多亲友邻人由于疾病、战争或贫困、或死去。她笔下的死亡不同凡响。1886 年 5 月她临终前留给两个“小表妹”的最后一封遗书，只写了由两个单词构成的短暂一句：“归”（Called back）。——今天，我们在艾默斯特西墓园狄金森墓碑上看到的就只有她的“生年”、“归年”，但，没有“卒年”。

艾米莉·狄金森终身未婚，但她笔下同样有爱情。她写爱的萌动、爱的燃烧、爱的消失，有甜而不腻的喜悦、有苦而不酸的沉痛、有绵绵难绝的长恨。爱，是她诗歌题材的重心。就像这首《为什么我爱你，先生》，读来清新、别致、深沉。

3

希 腊 语

最美是希腊情怀

《波斯人》

埃斯库洛斯 著
罗念生 译

节 选

罗念生

阿托萨：我离了那黄金的宫廷，离了我和大流士相处的寝殿，来到这儿。我心里很是忧虑，朋友，我告诉你们：我自己产生了一种畏惧的心理，恐怕这蒸蒸日上的富强会败坏国家的幸福，这幸福乃是先王大流士凭了天神的佑助为我们造下的。因此我心中起了两种顾虑：我决不珍重人丁丧尽时的财富；但若没有财富，人力也就不中用。我们的财富已算是满足，我只担心主上的安全，我把国王的丰采当作这宫廷的光荣。你们这些信靠的长老啊，事实既然是这样，就请忠告我；因为一切忠心的见解全靠在你们身上。

歌队：你应该很明白，我邦的太后啊，你不必再次叮咛，要我们指示你：你既然叫我们来做谋臣，我们自然会好好地关心国事。

阿托萨：自从我的儿子带着人马前去践踏希腊后，我在夜间做了许多噩梦。但我从没有见过一个梦境像昨夜的那么清楚。我可以告诉你：

我在梦中看见两位穿得很漂亮的女郎，有一位穿着波斯的长袍，有一位穿着希腊的短服。她两人的身材比现在的人高大得多，而且美丽无瑕，简直是同宗的姊妹；她们的命运注定了一位生长在希腊，一位寄居在外邦。据我看来，这一对人彼此发生了争吵；我的儿子知道了这事，便出来劝阻她们，安慰她们；他用绊带系着她们的颈项，把她们驾在车前。有一位很高傲地带着鞘绊，听顺缰髻的牵引。那另一位却竭力反抗，双手拆散了驾马的车具。她脱离了髻头，用力拖着车子跑，把衡扼折成了两截。我的儿子从车上滚了下来，他的父亲大流士立在旁边怜恤他；他看见了父亲，撕毁了自己身上的衣袍。这就是我昨夜所见的梦境。我起床后，在那清亮的泉水里净了手，捧着礼品走近祭台前，一心要献上琼浆去敬礼那祛邪的真神，敬礼那些享受这祭品的真神。我忽然看见一只大鹰逃向日神的祭台，我恐惧地站在那儿，卿家啊，我连话都说不出来了。后来我发现了一个鹞子敛翼扑来，用利爪抓着大鹰的脑袋，那飞禽全然不反抗，把身子一缩就献给了敌人。这便是我所见的可怕的事；在你们听来，也是可怕啊！你们可以相信，如果我的儿子立下了功劳，那便是一个奇迹；如果失败了，他对于国家也没有什么责任可言；只要他平安返国，他必如先前一样统治着这国土。

歌队：国母啊，我们不愿过分地惊动你，也不愿使你太高兴了。如若你见了什么烦琐的事，快去祈求天神祛攘这些预兆，为你自己，为你的子孙，为国家，还为一切的朋友把事情安排得十分美满。你再去把蜜油奠给地神和逝去的幽灵，取悦你的先夫大流士，你说你曾在夜里看见他。快求他为你和你的儿子把尘世的幸福从地下送回人世，把不祥的事物埋藏在地下，让它在黑暗里消失。我这样善意地忠告你，这是由我的心底里发生的。据我们解答，一切的事情对你都很圆满。

阿托萨：无论如何，你这首位解梦人总算是怀着好意，为我的儿子和这宫廷道出了这确切的忠言。但愿一切的事情都很顺遂！等我回到宫中，我必把你们所嘱托的礼品献给天神和地下的鬼魂。但在目前，朋友们，我很想知道希腊在什么地方?

歌队：远着呢，远在那太阳西沉的地方。

阿托萨：你真以为我的孩儿想去夺取他们的都城吗?

歌队：是呀，好使全希腊都降服于国王。

赏 析

《波斯人》是古希腊三大悲剧家之一埃斯库洛斯的悲剧作品，创作于公元前472年。是现存唯一一部以历史事件而非神话和英雄传奇为主题的古希腊悲剧。它以公元前480～479年希腊和波斯之间的萨拉米湾海战为背景，叙述了波斯国王薛西斯在战斗失利，仓皇退回波斯本土的悲惨情景。希波战争发生了有利于希腊人的决定性转折，波斯帝国由此元气大伤，不得不将其势力退回亚洲，从此以后，希腊城邦开始走上了古典中兴的道路。

今天我们能读到这篇优美的《波斯人》，应该感谢罗念生。古希腊语是世界上难度仅次于印度梵文的一种语言，仅一个正规的动词的变化就有将近三百个字形，而且还有大量的不规则的词形变化。古希腊语不大讲究语法，几乎任何一个字都可以放在句首。此外，抄本古老，有许多笔误和篡改，不易读懂。罗念生却始终在这项艰难的工作中默默无闻地坚持了60多个年头。

然而，希腊语之难，除了其语法、词汇本身的难度大外，还包括其语言精神的难以把握及难以传达。德国十八世纪的艺术史大师温克尔曼曾将古希腊雕塑、艺术和文学的特征概括为“高贵的简朴和静穆的伟大”。虽然后来很多人都倾向于认为这种评说带有过于浓重的理想主义色彩，但若是关注一下希腊文化中价值观的有关方面，便会发现温克尔曼的确捕捉到了希腊文艺的相当一部分精神实质。

《波斯人》是一部讴歌希腊人抗击波斯侵略，捍卫民族自由，抨击专制君主的悲剧，但它整部剧中并未出现一个希腊人角色，其剧情反倒是通过几个波斯人角色展开的。来欣赏一下《波斯人》中的片段，这是波斯国王的母后阿托萨的一段言辞：“我起床后，在那清亮的泉水里净了手，捧着礼品走近祭台前，一心要献上琼浆去敬礼那祛邪的真神，敬礼那些享受这祭品的真神。我忽然看见一只大鹰逃向日神的祭台，我恐惧地站在那儿，卿家啊，我连话都说不出来了。后来我发现了一个鹞子敛翼扑来，用利爪抓着大鹰的脑袋，那飞禽全然不反抗，把身子一缩就献给了敌人。这便是我所见的可怕的事；在你们听来，也是可怕啊！你们可以相信，如果我的儿子立下了功劳，那便是一个奇迹；如果失败了，他对于国家也没有什么责任可言；只要他平安返国，他必如先前一样统治着这国土。”

希腊悲剧的语言形式是诗歌体的。但希腊诗歌不同于汉文诗歌，它不用韵，在形式上有些类似汉语中的散文诗。罗念生使用的正是这样一种散文诗般的译文，既能保证译文传达原文通达顺畅的文气，又能使译文在诗意上与原文上异曲同工，并且浑然天成。

然而，罗念生译文最值得称道之处，或许还是把握到了古希腊的精神和情怀。他不是单纯地以一个文学家的身份去翻译古希腊的语言，同时，还用一位伟大的爱国者的情怀去传达古希腊的精神。1936 年罗念生在其《〈波斯人〉在中国出版序言》中写道：“本想译埃斯库罗斯的《阿加麦谟农》或《被缚的普洛麦秀斯》，但有一种力量鼓励我试译这个充满了战争色彩的悲剧。当时人制作本剧时，他心里怀着两种用意：第一种是净化人类的骄横暴戾的心理；第二种是激动爱国心，这两种用意很值得我们体会吧！”

作为一个高贵的爱国者，罗念生在他的译文中倾注了很多感情。他少年时多次参加“抵制日货运动”的示威游行。抗日战争及其前夕，他翻译古希腊人抗击外敌入侵的经典来鼓舞中国读者坚持抗战。他四处讲演，用古希腊英雄的故事来激发青年学生的爱国热情。他在辗转当中撰写散文，创办救亡杂志，参加抗日文艺组织，以自己的实际行动投身到抗日救亡运动当中。他主编了古希腊语汉语词典，出版了研究古希腊戏剧的专著和抒写希腊见闻感受的散文集。他积极支持和指导中国演员在国内外上演和改编演出古希腊戏剧……1988 年 2 月 12 日，罗念生接受雅典科学院授予的最高文学奖。在答谢词中他说：“我一生钻研希腊经典著作。每天早上，我展开希腊文学书卷，别的事全都置诸脑后，我感到这是我生平的最大幸福。我热爱希腊和希腊人民，爱琴海上明蓝的风光和雅典城上的紫云冠时萦脑际……”

1990 年 4 月，罗念生去世。生前他希望将自己遗骨一部分安放于北京，另一部分能撒在希腊的爱琴海上。希腊人非常尊重罗念生的遗愿，他们不同意将骨灰撒在海中，决定将以隆重的葬礼，把他的遗骨安葬于古希腊的发源地，阿波罗神庙所在地——德尔菲市的帕尔纳索斯山中、欧洲文化中心的花园里，以永远纪念这位为古希腊文化献身的东方学者。

从神明开始　以神明结束

《荷马史诗·奥德赛》

荷　马　著

王焕生　译

节　选

当太阳渐渐升起，离开美丽的海面，腾向紫铜色天空，照耀不死的天神和有死的凡人，高悬于丰饶的田野之上，他们来到皮洛斯，涅琉斯的坚固城堡。

荷　马

当地的居民们正在海滩上奉献祭礼，把全身纯黑的牯牛献给黑发的震地神。献祭的人们分成九队，每队五百人，各队前摆着九条牛作为奉献的祭品。人们刚尝过腑脏，把牛腿焚献神明，他们便来到港湾，随即把风帆收起，把船停稳，纷纷下船，登上岸滩。

特勒马科斯走下船只，由雅典娜引领。目光炯炯的女神雅典娜对他这样说："特勒马科斯，你切不可怯懦羞涩，我们为了打听你父亲的消息而航行，他漂泊在什么地方，陷入怎样的命运。现在你直接去见驯马的涅斯托尔，我们知道，他心里藏着丰富的智慧。你要亲自请求他向你说明真情，他不会妄言虚构，此人非常聪颖。"

聪慧的特勒马科斯回答女神这样说："门托尔，我怎样和他相见，怎样问候？我还从没有就什么问题作过长谈，年轻人向长者询问难免会感到羞怯。”目光炯炯的女神雅典娜这样回答说：“特勒马科斯，你自己心里仔细考虑，神明也会给你启示；我深信不疑，你出生和长大完全符合神明的意愿。”帕拉斯·雅典娜说完，迅速在前引路，特勒马科斯紧紧跟随女神的足迹。他们来到皮洛斯人开会聚坐的地方，涅斯托尔和儿子们坐在那里，同伴们在他们近旁准备饮宴，叉烤牛肉。他们看见来客，全都一个个走上前；伸手欢迎客人，请客人一起入座。涅斯托尔之子佩西斯特拉托斯首先走近，紧握两人的手，邀请他们饮宴，坐上铺垫在多沙的海滩的柔软羊皮，在他兄弟特拉叙墨得斯和他父亲旁边。他给客人一些祭牲的腑脏，把酒斟满黄金酒杯，问候帕拉斯·雅典娜，提大盾的宙斯的著名女儿，对她这样说：“客人，现在请你向大神波塞冬祭奠，你们遇上的这祭宴就是祭奠这神明。在你行礼如仪，祭祀祈祷过神明后，再把这甜蜜的酒杯交给那人作祭奠，我想他也会向不死的神明作祈祷，因为所有的凡人都需要神明助佑。由于他较为年轻，同我的年龄相仿佛，因此我把这黄金酒杯首先递给你。”

他说完，把甜美的酒杯递到女神手里，雅典娜赞赏这位聪慧、公正的年轻人，因为他把黄金酒杯首先递给她祭奠。女神立即对大神波塞冬认真祷告：“环绕大地之神波塞冬，请听我祈祷，不要拒绝我们的祈求，让一切都如愿。首先请赐给涅斯托尔和他的儿子们荣耀，然后赐给全体皮洛斯人无穷的恩惠，他们奉献给你如此丰盛的百牲祭，再允许特勒马科斯和我事成返家乡，我们为了它，乘坐乌黑的快船来这里。”

赏　析

奥德赛是王焕生独立翻译的，其实这里还可以说一说《伊利亚特》的往事。王焕生是罗念生的弟子，到了晚年，罗念生发愿要用六音步新诗体从古希腊文原文翻译《荷马史诗》。当时他已年逾八旬，身体状况不佳，后因罹患癌症入院治疗。1990 年 4 月，《伊利亚特》刚译到第 10 卷，罗念生病逝。弥留之际，他嘱托王焕生继续未竟的志愿。

对于这部就连罗念生也直到晚年才敢动笔的巨著，王焕生感到压力很大。大概花了两三年时间，他才译完《伊利亚特》剩余的部分，并校订了之前罗念生翻译的部分。王焕生把它交给人民文学出版社，出版社希望他把剩下的《奥德赛》一并完成。王焕生又花费了三年多时间译完《奥德赛》，实现了罗念生的遗愿，也完成了自己学术生涯中里程碑式的一部译著。

古拉丁文和希腊文是研究西方古典文化的基础，甚至是欧美知识分子的基本修养。它们是“死去的语言”，却理性、优美、古雅。作为译者，想形神兼备地翻译，确非易事。

亚里士多德对荷马《奥德赛》情节的概括并不长：“有一个人在外多年，有一位神老盯着他，只剩下他一个人了；他家里情形落到了这个地步：一些求婚者耗费他的家财，并且谋害他的儿子；他遭遇风暴，脱险还乡，认出了一些人，亲自进攻，他的性命保全了，他的仇人尽死在他手中。”然而便是这看似简单的情节，荷马用12105行壮丽的诗句表现出来后，却构成了西方历史上最重要的经典文本之一，并可从中追溯到此后西方精神世界的诸多重要母题。它们在不同的时空中不断交错回响，使《奥德赛》时时拥有历久弥新的魅力。王焕生对《奥德赛》的把控令人惊叹，完美地呈现出了一个庞大的架构。

奥德赛的故事以神明开始，又以神明结束。开始之时，在奥林波斯的神明会聚的宫殿里，目光炯炯的女神雅典娜，请求至尊之王宙斯让远离乡土的奥德赛重回家园。我们透过荷马用凝练的诗句构筑的让人惊叹的想象空间，几乎能看见奥德赛在一再的打击下是怎样的无力、无奈、无望。可即使这样，他从未不忘祈祷和献祭。他尊崇神明，沉痛感叹人类的愚蠢。

如果“命运由必然性或神意决定”这句话成立的话，放在现代，我们多半还是会用相当的篇幅去努力为它论证。然而，在奥德赛的世界里，在他十年漫游生涯里，这个问题从未出现在他的脑海。当他想起他的故园伊塔卡的时候，他想到那儿的阳光、气候、土壤和妻儿；当他脚踏在别人的国土上享受着异乡人的厚待时，他想起伊塔卡的宫殿、居民和民俗。他从不想为什么要回去，甚至没有把回家视为什么必须要遵守的神意，他只是发乎自然地要回去，如同孩子喜爱鲜艳和光明。他忧愁，却并不去想如果不能回去该怎么办。神意的在场隐隐为这幕悲剧预示了一个必然的归家结局。

4

法语

《情人》：在模糊不清中抵达真相

《情人》

杜拉斯　著
王道乾　译

节　选

我已经老了，有一天，在一处公共场所的大厅里，有一个男人向我走来。他主动介绍自己，他对我说："我认识你，永远记得你。那时候，你还很年轻，人人都说你美，现在，我是特为来告诉你，对我来说，我觉得现在你比年轻的时候更美，那时你是年轻女人，与你那时的面貌相比，我更爱你现在备受摧残的面容。"

杜拉斯

……

太晚了，太晚了，在我这一生中，这未免来得太早，也过于匆匆。才十八岁，就已经是太迟了。在十八岁和二十五岁之间，我原来的面貌早已不知去向。我在十八岁的时候就变老了。我不知道是不是所有的人都这样，我从来不曾问过什么人。好像有谁对我讲过时间转瞬即逝，在一生最年轻的岁月、最可赞叹的年华，在这样的时候，那时间来去匆匆，有时会突然让你感到震惊。衰老的过程是冷酷无情的。我眼看着衰老在我颜面上步步紧逼，一点点侵蚀，我的面容各有关部位也发生了变化，两眼变得越来越大，目光变得凄切无神，嘴变得更固定僵化，额上刻满了深深的裂痕。我倒并没有被这一切吓倒，相反，我注意看那衰老如何在我的颜面上肆虐践踏，就好像我很有兴趣读一本书一样。我没有搞错，我知道；我知道衰老有一天也会减缓下来，按它通常的步伐徐徐前进。在我十七岁回到法国时认识我的人，两年后在我十九岁又见到我，一定会大为惊奇。这样的面貌，虽然已经成了新的模样，但我毕竟还是把它保持下来了。它毕竟曾经是我的面貌。它已经变老了，肯定是老了，不过，比起它本来应该变成的样子，相对来说，毕竟也没有变得老到那种地步。

赏 析

王小波在《我的师承》一文里说："（那些原先是诗人的翻译家们）查良铮、王道乾对我的帮助，比中国近代一切著作家对我的帮助的总和还要大……道乾先生和良铮先生都曾是才华横溢的诗人，后来，因为他们杰出的文学素质和自尊，都不能写作，只能当翻译家。就是这样，他们还是留下了黄钟大吕似的文字。"

这是一代诗人奇特的命运。王道乾本身是位诗人，然而，让他蜚声海内外的，却是由他翻译的杜拉斯的《情人》。他翻译的一系列杜拉斯作品，如《琴声如诉》、《昂代斯玛先生的午后》、《广场》、《埃米莉·L.》、《洛尔·瓦·斯泰因的迷狂》、《物质生活》等，整整影响了中国一代作家的创作。

玛格丽特·杜拉斯，法国当代最著名的女小说家、剧作家和电影艺术家。1914 年 4 月 4 日出生在越南嘉定，父母都是小学教师。她四岁丧父，童年的苦难和母亲的悲惨命运影响了她的一生。杜拉斯 18 岁时来到巴黎求学，凭借小说《厚颜无耻之辈》开始她的文学天涯。

杜拉斯在戏剧和电影方面同样成就卓著，作为"左岸派"的成员，她不仅写出了《广岛之恋》、《长别离》这样出色的电影剧本，而且从 1965 年起亲自担任导演。从《印度之歌》开始，每年都有一两部影片问世，而且有不少获得了国际大奖。

70 岁那年，杜拉斯写下了《情人》这部半自传体小说。那时她酒精中毒、失眠、吸烟、头发散乱。老年的杜拉斯絮絮叨叨地讲述着那段远年的故事，看上去仿佛无法自已。她擅长使用短句，通过不同视角的叠加描述完成对一件事物或一个场景的立体塑造。极其简单的情节，在杜拉斯的笔下被分割成碎片，一个完整的句子，表述着简单的事实，被拆散、被打破，被割裂；一个长句终于走到尽头时却遭遇到猝不及防的质疑和否定。王道乾的翻译长短句配合，错落相生，韵味无穷——“太晚了，太晚了，在我这一生中，这未免来得太早，也过于匆匆。才十八岁，就已经是太迟了。在十八岁和二十五岁之间，我原来的面貌早已不知去向。我在十八岁的时候就变老了。我不知道是不是所有的人都这样，我从来不曾问过什么人。好像有谁对我讲过时间转瞬即逝，在一生最年轻的岁月、最可赞叹的年华，在这样的时候，那时间来去匆匆，有时会突然让你感到震惊。”读这些，你感到什么？那种回忆的喷涌，孤独又沉痛。爱情是绝望的，灵魂是绝望的，肉体是绝望的，世界都是绝望的。

《情人》整个文本有一种随心所欲的结构。王小波是这么看的：“有位作家朋友对我说，她很喜欢《情人》那种自由的叙事风格。她以为《情人》是信笔写来的，是自由发挥的结果。我的看法则相反，我认为这篇小说的每一个段落都经过精心的安排：第一次读时，你会感到极大的震撼；但再带看挑剔的眼光重读几遍，就会发现没有一段的安排经不起推敲。从全书第一句‘我已经老了’，给人带来无限的沧桑感开始，到结尾的一句‘他说他爱她将一直爱到他死’，带来绝望的悲凉终，感情的变化都在准确的控制之下。叙事没有按时空的顺序展开，但有另一种逻辑作为线索，这种逻辑我把它叫做艺术——这种写法本身就是种无与伦比的创造。我对这件事很有把握，是因为我也这样写过：把小说的文件调入电脑，反复调动每一个段落，假如原来的小说足够好的话，逐渐就能找到这种线索；花上比写原稿多三到五倍的时间就能得到一篇新小说，比旧的好得没法比。事实上，《情人》也确实是这样改过，一直改到改不动，才交给出版社。《情人》这种现代经典与以往小说的不同之处，在于它需要更多的心血。”

很难想象杜拉斯真的这么修改过《情人》。关于“情人”的题材，她不知写过多少，比如《抵挡太平洋的堤坝》。但《情人》的语言是模糊的、暧昧的、前后矛盾的，小说很多次写到两人的爱情。她爱他，爱得要死。她爱他的钱。她从未爱过他。她爱她的家人，甚至最爱她的家人，她爱海伦……这些混乱的表达，却比明确有更复杂的内涵，引诱读者完全沉浸在书中，自由想象。

对杜拉斯文本的转达，还出现过一个《情人》现象，那就是：对于语言和文本这种精美的艺术品，一次翻译的过程宛若一次再创作，是创作者和译者的一次共谋。一个作家如何在另一种语境中达到最贴切的演绎和表达？可以说，王道乾先生做了有益的尝试。

杜拉斯说："我自以为我在写作，但事实上我从来就不曾写过，我以为在爱，但我从来也不曾爱过。我什么也没有做，不过是站在那紧闭的门前等待罢了。"她不承认爱过、不承认写过，这种矛盾、这种虚无、这种不确定，宛若爱情、宛若生命、宛若灵魂，在模糊不清中电光石火地抵达真相。

60 岁的“第二性”

《第二性》

波伏娃 著
郑克鲁 译

节 选

当垂首捂脸的时候，她懂得了自我克制的奇迹：她跪在地上，却在向天堂攀登；她向上帝的双臂投降，却被保证和轻盈的云朵与天使一起升天。她正是用这样一种对奇迹的体验，去复制自己的世俗未来的。女孩子也能通过许多别的途径，发现这种未来：每一件事都让她沉湎于投入男人怀抱的白日梦中，以便被超度到光荣的天国。她很清楚，要得到幸福，她必须被爱；而要被爱，她必须等待爱的降临。女人是睡美人、灰姑娘、白雪公主，她在接受，她在服从。在歌谣和故事里，我们看到，年轻男人为了追求女人而离家出走，甘冒风险。他杀死巨龙，与巨人搏斗。而她则被锁在塔楼中，关在宫殿里，囚在花园或山洞里。她被捆在岩石上，是个俘虏，正在酣睡：她在等待。

Unjburprinceviendra［我的王子总会到来］……我爱的男人总会出现——民歌里的这些歌词，使她对忍耐和希望充满了梦想。

于是，女人的最大需要就是迷住一颗男性的心。这是所有女主人公所渴求的回报，虽然她们可能是勇猛的、富于冒险津神的。而最常见的却是，除了美貌，不要求她们有别的特长。

赏 析

西蒙娜·德·波伏瓦用一整本书阐述她的那句名言：女人不是天生的，而是后天形成的——这本书就是让波伏娃这个名字享誉国际的《第二性》。这部女权主义著作，畅销世界60年来，一直被视为“女性圣经”，国内也曾有过多个中译本，但除了少数带有介绍性质的节译本是直接从法语翻译过来，大都根据英译本转译。

值得玩味的是，1953年由美国兰登书屋出版的《第二性》英译本译者帕什利只在高中时学过法语，没有受过专业的哲学训练，因此原著中的很多内容，包括存在主义、女性主义和当时法国思潮的认识，都被简化甚至删除了。波伏瓦本人曾在1985年的一次访谈中表示强烈希望能重出一个“更完整、更忠实”的英译本。

波伏娃

为了迎接《第二性》发表60周年，兰登书屋于2011年5月推出了未删节的新版英译本。

也是在2011年，10月的时候，上海译文出版社从法国伽里玛出版社购得版权，邀请翻译家郑克鲁担纲翻译的《第二性》出版。法国伽里玛出版社还特别强调，必须在醒目处注明“唯一法译中全译本”。

这本“有史以来讨论女性的最健全、最理智、最充满智慧的一本书”，在60年后，终于可以“原汁原味”的与中国读者见面了。

郑克鲁译著颇丰，曾翻译过《基度山恩仇记》、《茶花女》、《悲惨世界》，主编过“获诺贝尔文学奖作家丛书”、“春风译丛”和“漓江译丛”，还编写了《外国文学史》和《法国文学史》等教材。即使如此，郑克鲁还是坦承，翻译《第二性》对他来说“是一项挑战”，原因是波伏瓦“知识面非常广阔”，原著“涉及多个学科内容，有很多理论词汇”，他用了两年才译完了全书。

波伏娃的《第二性》被誉为“有史以来讨论妇女的最健全、最理智、最充满智慧的一本书”，她以涵盖哲学、历史、文学、生物学、古代神话和风俗的文化内容为背景，纵论了从原始社会到现代社会的历史演变中，妇女的处境、地位和权利，探讨了女性个体发展史所显示的性别差异。《第二性》堪称一部俯瞰整个女性世界的百科全书，她揭开了向性别歧视开战的序幕：女人，不是生而为女人的，是被变成女人的。

“如果说女人是世俗的、平庸的、基本上是功利主义的，那是因为她被迫把自己的生存奉献给做饭和洗尿布——她无法取得一种崇高感！承担单调重复的生活，处在无知觉的实在性之中，这是她的义务。人们怎么可以期望她表现得大胆、热情、无私和崇高呢？这些品质只有在自由人奋勇地穿过开放的未来、远远地超越了一切既定现实时才可以出现。女人被关在厨房或闺房里，人们却对她的视野之狭窄表示惊讶。她的双翼已被剪掉，人们却在叹息她不会飞翔。让未来向她开放吧，那样她将不会再被迫徘徊于现在。”

挂在历史的钉子上

《三剑客》

大仲马 著
周克希 译

节 选

在那个年头，平地起风波是常有的事。难得有这种日子，这座或那座城镇终日里平安无事，无须把这类事件记载到日志上去的。一会儿是领主之间你争我斗；一会儿是国王向红衣主教开战；一会儿又是西班牙人向国王开战。此外，除了这些或暗或明、或秘密或公开的战争以外，还有窃贼，乞丐，胡格诺教徒，道貌岸然的歹徒和身穿号衣的仆人，他们跟所有的人都打仗。镇上的居民几乎天天要动刀动枪对付那些窃贼，对付那些道貌岸然的歹徒和身穿号衣的仆人，三天两头也要对付那些领主和胡格诺教徒，有时候还要对付国王，可是从来不跟红衣主教和西班牙人过不去。因此，在上面说的一六二五年四月的头一个星期一，当镇上的居民听见喧闹声，却既没看见红黄旗，也没看见黎舍留公爵的仆人的当口，他们就习惯成自然地朝诚实磨坊主客店的方向奔去。

大仲马

到了那儿，谁都看得清这场骚乱的原因，认得出谁是肇事的家伙了。

那是个年轻人——他的模样只消用几句话就可以说明白：请想象一

下堂吉诃德十八岁时的模样吧，不过这个堂吉诃德没穿胸盔和护腿甲，只穿一件羊毛紧身短上衣，这件短上衣的蓝颜色，现在已经变成介于酒滓色与天蓝色之间的一种说不上名儿的颜色。长面孔，棕色脸膛，颧骨突出，表明他工于心计；颌部的肌肉特别发达，凭这一点就可以十拿九稳地断定他是加斯科尼人，即使不戴贝雷帽也无妨，何况咱们的年轻人果真还戴了一顶有羽饰的贝雷帽哩；大眼睛，透出股机灵劲儿；鼻梁往里钩，但轮廓挺秀气；身量要说是孩子吧，显得太高了些，要说是成人吧，又显得太矮了些，要不是有那柄长剑，阅历不深的人准会把他看成一个出门旅行的农家子弟，而此刻这柄挂在皮带上的长剑，当他步行时老是磕碰他的腿肚子，当他骑马时又总是撩着这匹坐骑竖起的鬃毛。

周克希

就因为咱们的年轻人有一匹坐骑，而这匹坐骑又是那么与众不同，所以它就很引人注目了：这是一匹贝阿恩产的矮种马，牙口在十二到十四之间，浑身披着黄毛，尾巴上却是光秃秃的，腿弯骨节粗大，迈起步来老是把脑袋耷拉得比膝盖还低，弄得马颔缰用了也是白搭，可就是这样，它每天照样能赶八里路。可惜，这匹马的优点都让那古怪的毛色和寒碜的走相彻底掩盖了，落在那么个人人都自认为是相马行家的年头，这匹大约一刻钟前从博让西城门进牟恩镇的矮种马，一出现在街头就引起了一阵骚动，害得骑马人也因此成了大家的笑柄。

赏 析

大仲马一生中写过90多部剧本，150多部小说，以及许多其他作品。在文学史上，他的剧作比小说地位更高。然而，人们所熟知的，却是大仲马笔下的众多长篇历史小说。这些作品笔力遒劲、淋漓酣畅地勾勒了十六世纪至十八世纪的法国历史长卷，其规模之宏大，卷帙之浩繁，不仅在法国文学史上，世界文学史上都是绝无仅有。而其中最有影响力的，无疑当推《三剑客》。

来看一段译文。“只见小船靠上了对岸；淡红的天际勾勒出黑黝黝的两个人影。……月光照在那柄宽刃的剑身上，射出一道寒光；接着双臂往下抡去。只听得长剑嗖的一声，受刑人一声惨叫，身首分离的尸身倒了下去。”整部小说就在这凄怆的氛围中接近了尾声。大仲马有句名言：什么是历史？就是给我挂小说的钉子啊。这部传世作品，究竟如何挂上历史的钉子的呢？

《三剑客》于1843年3月至1844年7月在巴黎《世纪报》上连载，在法国引起空前轰动。此后，《三剑客》被译成多种文字传播到国外，并从1911年起多次被世界各国搬上银幕。在中国，早在光绪年间就有伍光健先生的译本。伍光建先生系根据英译本转译并多有删节，书名改为《侠隐记》，取三位主角均为隐名侠士之意。后来李青崖先生从法文译出全书，取名《三个火枪手》。

在周克希的重译中，书名定为《三剑客》。故事以法国国王路易十三和手握重兵、权倾朝野的首相黎塞留红衣主教的矛盾为背景，穿插群臣派系的明争暗斗，围绕宫廷里的秘史轶闻，展开了极富趣味的故事。书中，阿托斯、波尔多斯和阿拉密斯都是御前火枪营的成员，但实际上，他们平日里的形象是头戴插羽翎的宽边帽，身穿敞袖外套，腰间佩一柄长剑，左右各插一支短枪。但凡格斗厮杀，多用长剑短枪。故周克希沿用了电影的旧译名《三剑客》。他们是友谊、青春与胆略的象征，在刀光剑影中演绎着善良与邪恶、忠诚与背叛的永恒主题。

周克希早年毕业于复旦大学数学系，一度赴法国巴黎高师进修黎曼几何。回国后开始在教学之余翻译数学与文学作品。终因热爱翻译，调至上海译文出版社任外国文学编辑。周克希赞赏英国数学家G. H. Hardy说的一句话：美是首要的检验标准：丑的数学在世上说到底是没有安身立命之地的。他精于法国文学翻译，其译笔准确传神，清新雅致。

江声浩荡的序幕

《高老头》

巴尔扎克　著
傅　雷　译

节　选

傅　雷

公寓的屋子是伏盖太太的产业，坐落在圣·日内维新街下段，正当地面从一个斜坡向弩箭街低下去的地方。坡度陡峭，马匹很少上下，因此挤在华·特·葛拉斯军医院和先贤祠之间的那些小街道格外清静。两座大建筑罩下一片黄黄的色调，改变了周围的气息；穹窿阴沉严肃，使一切都暗淡无光。街面上石板干燥，阳沟内没有污泥，没有水，沿着墙根生满了草。一到这个地方，连最没心事的人也会像所有的过路人一样无端端的不快活。一辆车子的声音在此简直是件大事；屋子死沉沉的，墙垣全带几分牢狱气息。一个迷路的巴黎人在这一带只看见些公寓或者私塾，苦难或者烦恼，垂死的老人或是想作乐而不得不用功的青年。巴黎城中没有一个区域更丑恶，更没有人知道的了。特别是圣·日内维新街，仿佛一个古铜框子，跟这个故事再合适没有。为求读者了解起见，尽量用上灰黑的色彩和沉闷的描写也不嫌过分，正如游客参观初期基督徒墓窟的时候，走下一级级的石梯，日光随着暗淡，向导的声音越来越空洞。这个比喻的确是贴切的。谁又能说，枯萎的心灵和空无一物的骷髅，究竟哪一样看上去更可怕呢？

公寓侧面靠街，前面靠小花园，屋子跟圣·日内维新街成直角。屋子正面和小园之间有条中间微凹的小石子路，大约宽两公尺；前面有一条平行的沙子铺的小路，两旁有凤吕草，夹竹桃和石榴树，种在蓝白二色的大陶盆内。小路靠街的一头有扇小门，上面钉一块招牌，写着：伏盖宿舍；下面还有一行：本店兼包客饭，男女宾客，一律欢迎。临街的栅门上装着一个声音刺耳的门铃。白天你在栅门上张望，可以看到小路那一头的墙上，画着一个模仿青色大理石的神龛，大概是本区画家的手笔。神龛内画着一个爱神像：浑身斑驳的釉彩，一般喜欢象征的鉴赏家可能认做爱情病的标记，那是在邻近的街坊上就可医治的。神像座子上模糊的铭文，令人想起雕像的年代，服尔德在一七七七年上回到巴黎大受欢迎的年代。那两句铭文是：不论你是谁，她总是你的师傅，现在是，曾经是，或者将来是。

天快黑的时候，栅门换上板门。小园的宽度正好等于屋子正面的长度。园子两旁，一边是临街的墙，一边是和邻居分界的墙；大片的常春藤把那座界墙统统遮盖了，在巴黎城中格外显得清幽，引人注目。各处墙上都钉着果树和葡萄藤，瘦小而灰土密布的果实成为伏盖太太年年发愁的对象，也是和房客谈天的资料。沿着侧面的两堵墙各有一条狭小的走道，走道尽处是一片菩提树荫。伏盖太太虽是龚弗冷出身，菩提树三字老是念别音的，房客们用文法来纠正她也没用。两条走道之伺，一大块方地上种着朝鲜蓟，左右是修成圆锥形的果树，四周又围着些莴苣，旱芹，酸菜。菩提树荫下有一张绿漆圆桌，周围放几个凳子。逢着大暑天，一般有钱喝咖啡的主顾，在热得可以孵化鸡子的天气到这儿来品尝咖啡。

赏 析

巴尔扎克试图在《人间喜剧》中，概括19世纪前半期法国资本主义社会的全貌，把小说写成一部法国资本主义社会的风俗史。1834年发表的长篇小说《高老头》，通常被认为是《人间喜剧》的序幕，《人间喜剧》的许多重要角色，在《高老头》里已经出现。

《高老头》以1819年底和1820年初为时代背景，以伏盖公寓和鲍赛昂夫人的沙龙为舞台，以高老头和拉丝蒂涅两个人物的平行而又交叉的故事为主要情节，全书译成中文不到18万字，而其视野之广，人物形象之多姿多采，简直够得上一幅全景画卷。

提到巴尔扎克，不能不提他在中国的代言人，傅雷。中国近代翻译界双璧朱生豪和傅雷，一个翻译莎士比亚，一个翻译巴尔扎克，二者都是鸿篇巨制，展现了译者卓越的才华。

《高老头》有初译本和修订本。在傅雷的修订本之后，法国小说才算有了中文的翻译佳作，《高老头》、《欧也妮·葛朗台》、《贝姨》、《邦斯舅舅》、《约翰·克利斯朵夫》，傅雷译作数量既多，质量又上乘。

傅雷追求"神似而非形似"。在《高老头》的修订本序言中，他写道："以效果而论，翻译应当像临画一样，所求的不在形似而在神似。以实际工作论，翻译比临画更难。临画与原画，素材相同（颜色，画布，或纸或绢），法则相同（色彩学，解剖学，透视学）。译本与原作，文字既不侔，规则又大异。各种文字各有特色，各有无可模仿的优点，各有无法补救的缺陷，又各有不能侵犯的戒律。像英、法，英、德那样接近的语言，尚且有许多难以互译的地方；中西文字的扞路远过于此，要求传神达意，铢两悉称，自非死抓字典，按照原文句法拼凑堆砌能济事。"

《高老头》在艺术上很严谨，作者设置了典型环境，让典型人物活动于其中，使人与人的金钱关系与环境相契合。作品描写了巴黎不同等级、不同阶层的人们的生活环境；拉丁区的伏盖公寓，形似牢狱的黄色屋子，到处散发着"闭塞的、霉烂的、酸腐的气味"，塞满了肮脏油腻、残破丑陋的器皿和家具，这是下层人物的寄居之地；唐打区内高老头的两个女儿家里，

巴尔扎克

虽有金碧辉煌的房子、贵重的器物，但"毫无气派的回廊"，挂满意大利油画的客厅却"装饰得像咖啡馆"，这显示了作为新贵的资产阶级暴发户们俗不可耐的排场；圣日尔曼区古老的鲍赛昂府则显示出完全不同

的气派，院中套着精壮马匹的华丽马车，穿着金镶边大红制服的门丁，两边供满鲜花的大楼梯以及只有灰和粉红色的小巧玲珑的客室，这些精雅绝伦的陈设、别出心裁的布置都衬托出上流社会贵族的风雅超群。

傅雷追求译文风格与原文风格的“肖似”，这正是翻译文学的审美胜境。傅雷一生痴爱艺术，他延续了巴尔扎克、梅里美、罗曼·罗兰等法国文学家在中国的文学生命。翻译从此不仅仅是一种简单的文字转换，而是一种思想的播迁。傅雷翻译的《约翰·克里斯朵夫》第一卷第一部中，“江声浩荡，自屋后上升。雨水整天的打在窗上。一层水雾沿着玻璃的裂痕蜿蜒流下，昏黄的天色黑下来了。室内有股闷热之气。”这段当中的“江声浩荡”作为一句极具代表性的经典译例，值得玩味，“江声浩荡”四字，已经成为傅译的一个重要符号，浓缩了洋洋数百万言，镌刻在读者心中。

可怜一卷茶花女，断尽支那荡子肠

《茶花女》

小仲马　著

王振孙　译

节　选

我认为只有在深入地研究了人以后，才能创造人物，就像要讲一种语言就得先认真学习这种语言一样。

既然我还没到能够创造的年龄，那就只好满足于平铺直叙了。

因此，我请读者相信这个故事的真实性，故事中所有的人物，除女主人公以外，至今尚在人世。

此外，我记录在这里的大部分事实，在巴黎还有其他的见证人；如果光靠我说还不足为凭的话，他们也可以为我出面证实。由于一种特殊的机缘，只有我才能把这个故事写出来，因为唯独我洞悉这件事情的始末，除了我谁也不可能写出一篇完整、动人的故事来。

下面就来讲讲我是怎样知道这些细节的。

一八四七年三月十二日，我在拉菲特街看到一张黄色的巨幅广告，广告宣称将拍卖家具和大量珍玩。这次拍卖是在物主死后举行的。广告上没有提到死者的姓名，只是说拍卖将于十六日中午十二点到下午五点在昂坦街九号举行。

广告上还附带通知，大家可以在十三日和十四日两天参观住宅和家具。

我向来是个珍玩爱好者。我心想，这一回可不能坐失良机，即使不买，也要去看看。

第二天，我就到昂坦街九号去了。

时间还早，可是房子里已经有参观的人了，甚至还有女人。虽然这些女宾穿的是天鹅绒服装，披的是开司米披肩，大门口还有华丽的四轮轿式马车在恭候，却都带着惊讶、甚至赞赏的眼神注视着展现在她们眼前的豪华陈设。

不久，我就懂得了她们赞赏和惊讶的原因了。我也向四周打量了一番，很快就看出了我正置身于一个高级妓女的房间里。然而上流社会的女人——这里正有一些上流社会的女人——想看看的也就是这种女人的闺房。这种女人的穿着打扮往往使这些贵妇人相形见绌；这种女人在大歌剧院和意大利人歌剧院里，也像她们一样，拥有自己的包厢，并且就和她们并肩而坐；这种女人恬不知耻地在巴黎街头卖弄她们的姿色，炫耀她们的珠宝，播扬她们的“风流韵事”。

这个住宅里的妓女已经死了，因此现在连最最贞洁的女人都可以进入她的卧室。死亡已经净化了这个富丽而淫秽的场所的空气。再说，如果有必要，她们可以推托是为了拍卖才来的，根本不知道这是什么样的人家。她们看到了广告，想来见识一下广告上介绍的东西，预先挑选一番，没有比这更平常的事了；而这并不妨碍她们从这一切精致的陈设里面去探索这个妓女的生活痕迹。她们想必早就听到过一些有关妓女的非常离奇的故事。

不幸的是，那些神秘的事情已经随着这个绝代佳人一起消逝了。不管这些贵妇人心里的期望有多大，她们也只能对着死者身后要拍卖的东西啧啧称羡，却一点也看不出这个女房客在世时所操的神女生涯的痕迹。

赏　析

大仲马曾不无得意都说过，自己一生最骄傲的作品就是儿子小仲马。提到小仲马，人们一定会想到他的名作——《茶花女》。

《茶花女》以其哀怨感人的情节与生动鲜明的人物形象，1848 年问世后即轰动当时的法国文坛，此后作者又将此改编成歌剧，经著名意大利歌剧作曲家威尔第谱曲后，成为千古绝唱。

1844 年 9 月，小仲马与巴黎名妓玛丽·杜普莱西一见钟情。玛丽出身贫苦，流落巴黎，被逼为娼。她珍重小仲马的真挚爱情，但为了维持生计，仍得同阔佬们保持关系。小仲马一气之下就写了绝交信去出国旅行。1847年小仲马回国，得知只有23岁的玛丽已经不在人世，她病重时昔日的追求者都弃她而去，死后送葬只有两个人！她的遗物拍卖后还清了债务，余款给了她一个穷苦的外甥女，但条件是继承人永远不得来巴黎。现实生活的悲剧深深地震动了小仲马，他满怀悔恨与思念，将自己囚禁于郊外，闭门谢客，开始了创作之程。一年后，这本凝集着永恒爱情的《茶花女》问世了。此时，小仲马年仅24岁。

嘉宝扮演的茶花女

这部小说的第一批中国读者，当是那时在法国的为数不多的留学生。在小说发表半个世纪之后的1898年，林纾将其译成中文，这本书才为广大中国读者所知晓。据考证，1897年某日，从法国巴黎留学归来的王寿昌，前往访见正怀家国之忧的林纾。当时国家正遭列强入侵，林纾本人又遭丧偶之痛。王寿昌对林纾说："吾请与子译一书，子可以破岑寂，吾亦得以介绍一名著于中国，不胜于蹙额对坐耶？"林纾听后，思之有理，才请王氏口述，自己笔录，合译了小仲马的这部小说，题名为《巴黎茶花女遗事》。

《巴黎茶花女遗事》译本于1899年2月以"素隐书屋"名义刻版

印行，1901 年又以“玉情瑶怨馆”名义再版；1903 年由文明书局用铅字再度排印。中国古典文学中，从来都不乏对青楼女子的同情与赞美，《茶花女》这样的题材在中国极易得到共鸣，“由于这部小说内容新鲜，译笔凄婉而有情致，一时风行海内，不胫而走。”严复曾赞道：“可怜一卷茶花女，断尽支那荡子肠。”

《茶花女》的翻译版本众多，较为流传的是夏康农版本和王振孙版本。从翻译技巧与文学语言角度来说，夏译本如译者所言，有点随心所欲，“我之翻译《茶花女》，动机简单只为了自己：为了想比读书更深入地钻进那种里。”因而有的地方的翻译让人不知所云，而王振孙的译本显得精雕细刻，颇费心血，比如书的开头写“我”进入玛格丽特将被拍卖的卧室中，夏译本是这样译的：

“可惜的是这里面的神秘随着观音一同死去了，不管这般太太们有多大的心愿，她们也只能看着这个姑娘死后出卖的东西惊奇，再也看不到她生前出卖的丝毫了。”

其中的“观音”一词系指这位名妓生前的风神绰约，有如女神一般，但用“观音”总觉得不好确解。王译本是这样译的：

“不幸的是，那些神秘的事情已经随着这个绝代佳人一起消逝了。不管这些贵妇人心里的期望有多大，她们也只能对着死者身后要拍卖的东西啧啧称美，却一点也看不出这个女房东在世时所操的神女生涯的痕迹。”

夏译本中的“观音”一词，王译作“绝代佳人”，显得准确与好理解多了。

《小王子》：把故事讲给大人听

《小王子》

圣-埃克苏佩里　著
马振骋　译

节　选

我就是这样在生活中落落寡合，找不到一个说话投机的人，直到六年前遇到一次故障，降落在撒哈拉沙漠。发动机里的什么出了毛病。身边没有机械师，没有乘客，我准备靠自己去完成一项困难的修理工作。这对我是桩生死攸关的事。我带的水，勉强够喝一个星期。

《小王子》插图

第一夜，我在沙地上睡着了，远离人烟一千里外，比大洋中乘小舟漂泊的遇难者还孤独。天蒙蒙亮，当一个奇怪的小声音把我唤醒时，你们想象我是多么惊奇。这个声音说：

“请你……给我画一只绵羊！”

“嗯!”

“给我画一只绵羊……”

我跳起身，像遭了雷击。我把眼睛揉了又揉，要瞧个仔细。我看到一个见所未见的孩子，神情严肃地望着我。下面是我后来给他画得最成功的一幅肖像。不过，我的作品，说实在的，远远不及他本人可爱。这不是我的错。

我的画家生涯是在六岁的时候被大人断送的。我从来没有画过别的，除了那两张剖视的和不剖视的蟒蛇图。

我两眼圆睁，望着这次显灵不胜惊讶。别忘了，我远离人烟一千里外。

我的小人儿既不像迷了路，也不像要累死、饿死、渴死、怕死的样子。外表上绝不是个走在沙漠中心、远离人烟一千里外的孩子。终于能够开口时，我对他说：

“不过……你在这里干什么?”

他慢悠悠地又说了一遍，仿佛这是桩非常正经的事情：

“请你……给我画一只绵羊……”

当奇迹过于动人心魄时，谁敢不照着办呢。尽管远离人烟一千里，处在死亡的威胁下，这件事看来有多么荒谬，我还是从口袋里掏出一张纸、一支钢笔。但是，我过去主要学地理、历史、算术和语法，想到这里，我（没好气地）对小人儿说我不会。他回答说：

“没关系。给我画一只绵羊。”

赏 析

《小王子》是作家安东尼·德·圣-埃克苏佩里1942年写成的儿童文学短篇小说，它是20世纪流传最广的童话，被译成102多种语言。电影、唱片，甚至纸币上都可以看到本书的影子。书的主人公是来自外星球的小王子，以一位飞行员作为故事叙述者，讲述了小王子从自己星球出发前往地球的过程中，所经历的各种历险。作者以小王子的孩子式的眼光，透视出成人的空虚、盲目和愚妄，用浅显天真的语言写出了人类的孤独寂寞。

圣-埃克苏佩里

安东尼·德·圣-埃克苏佩里一生喜欢冒险和自由，他有双重身份：飞行员与作家。他是利用飞机将邮件传递到高山和沙漠的先锋。二次大战期间，法国被纳粹占领，他去了美国。1944 年他在一次飞行任务中失踪，成为法国文学史上最神秘的一则传奇。

马振聘的中文译本非常美好，抒写小王子与玫瑰的爱情的那些字句：“这就像花一样。如果你爱上了一朵生长在一颗星星上的花，那么夜间，你看着天空就感到甜蜜愉快，所有的星星上都好像开着花。”符合原作的气氛。圣-埃克苏佩里在写《小王子》时，自己为小说画了插图。插画拙扑稚气，梦境迷幻。

马振聘曾经谈到，他第一次听到《小王子》是在一张唱片里。作为翻译家，他非常喜爱《小王子》的文字，它被收入法国的小学教科书，甚至成为了美国小学生学习法文的启蒙书。“《小王子》的语言非常简单，这也是它有很多翻译版本的原因，但真正翻译出那些味道，不是那么简单，就好像李白的很多诗歌很简单，但不是谁都能写出的。”

本书作者在阿曼沙漠里

埃克苏佩里的代表作品除了童话《小王子》外，还有小说《南方邮航》、《夜航》、散文《人类的大地》等。埃克苏佩里的作品可以说是他一生的思想写照与行动实录。他在黑夜中期待黎明，在满天乱云中向往中途站，在璀璨星空中寻找自己的星球——那是生的喜悦。在《人类的大地》中，作者写道：在航空线上飞了那么多年，每次飞行都没有完全的把握。飞行员与地面唯一的联系就是无线电，但无线电被雷电击坏后，就是盲目地在空中飞翔。这段看似平淡的叙述，却是深含着作者对于生命的态度——那就是人生归根结蒂不是上帝赐予的一件礼物，人被抛入这个世界，必须作出自己的选择。

童话，往往是大人讲给孩子听的故事，而《小王子》却是把故事讲给大人听。随着岁月的推移，《小王子》的寓意在严酷的现实中愈来愈明显。茫茫宇宙中，地球是如此孤单，人类既坚强而又脆弱，文明既可长存又易毁灭。

普鲁斯特：长而缠绵的意味

《追寻逝去的时光》

普鲁斯特　著

周克希　译

节　选

一个人睡着时，时光的序列，岁月和星辰的顺序都围绕着他。他醒来时，会本能地根据这些信息，用一秒钟工夫就能得知自己处于地球的哪一点，度过了多少时间；但是它们的排列可能会发生混乱，甚至出现中断。比如说，夜里没睡好，清晨时分睡意突然在看书的当口袭来，这时他的睡姿跟平时全然不同，他只消稍稍抬一下胳膊，就能让太阳停住甚至往后转，结果刚醒来时的刹那间，他没有了时间概念，还以为自己刚刚躺下呢。再有，如果他在打盹儿，姿势更随便更出格，比如说餐后坐在扶手椅里，那时，逸出轨道的日月星辰就整个儿乱套了，这张魔椅载着他飞速地在时间和空间中遨游，等到睁开眼睛时，他会以为自己是在好几个月以前睡过的另一个地方。而我，哪怕是在自己床上，只要睡意很浓，弥漫到了整个脑海，那些序列就会乱套；这时，我在那儿的地点背景，会从意识中飘走，我在夜间醒来，非但不知道自己身在何处，有一瞬间甚至连自己是谁都弄糊涂了。我仅有一种原生态的存在感，一头动物在它的灵魂深处，想必也萌动着这种感觉。我比石器时代的穴居野人还要蒙昧；而这时记忆——不是我此刻所在的地方，而是我曾经在过的那些地方，以及我原本说不定会在的地方的记忆——向我而来，犹如高处伸下的援手，把我拉出这片我无论如何独自挣脱不了的虚无的泥潭。我在一秒钟里就越过了人类文明的一个又一个世纪，朦胧中影影绰绰瞥见的煤油灯的影子，然后是翻领衬衫的轮廓，渐渐的拼凑起了我的自我的本来面貌。

赏 析

上世纪八十年代末至九十年代初，译林出版社15人合译的普鲁斯特《追忆似水年华》全译本出齐，在中国引起轰动。这是个耐人寻味的现象，普鲁斯特并不那么好读，即使在法国，也并不是人人都会读。

普鲁斯特

《追忆似水年华》被公认为文学创作的一次新的尝试，开意识流小说之先河。小说用巨大的语流把事实、话语和思想融为一体，形成一种漫长的独白，读者将会在其中体会到音乐的复调变化和教堂般庄严的结构美。小说以追忆的手段，借助超越时空概念的潜在意识，不时交叉地重现已逝去的岁月，从中抒发对故人、往事的无限怀念和难以排遣的惆怅。普鲁斯特极为独特的艺术形式，不仅对当时小说写作的传统模式是一种突破，而且对日后形形色色新小说流派的出现，也产生了深远的影响。

《追忆似水年华》的全译本是15人合译的，水平参差不齐。当年的译者之一许钧后来曾撰文说："应当承认，15位译者的译文与原文相比，都有不少'失'。"

2003年，15位译者之一的周克希决定以一己之力重译《追忆似水年华》，并"尊重普鲁斯特的想法"，更用新译名为《追寻逝去的时光》。9年过去了，仅译成3卷。周克希坦承，或许无法继续下去。

《追忆似水年华》是个非常美的名字，不过在周译本中，定名为《追寻逝去的时光》。

其实普鲁斯特是一个非常较真的人。他1922年11月去世，也就是在这一年的上半年，他看到英译本书名《remembrance of things past》。这是一个很漂亮的书名，出自莎士比亚作品中的一句台词。然而普鲁斯特看到这个书名后却不大不满，最后更改的书名是《in search of lost time》，译出来，就是《追寻逝去的时光》。普鲁斯特推崇柏格森的哲学，时间是柏格森哲学中非常重要的概念，普鲁斯特的小说中全书的第一句和最后一句中，都出现了时间的概念。从整部作品看来，小说没有中心人物，没有完整的故事，没有波澜起伏，贯穿始终的情节线索，它大体以叙述者的生活经历和内心活动为轴心，穿插描写了大量的人物事件，犹如一棵枝丫交错的大树，时光，是一个重要线索。

普鲁斯特擅用长句，然而此长，并不是“冗长”。他的长句是必要的、精彩的，是能够被读者慢慢习惯的。普鲁斯特在《追寻逝去的时光》第二卷中说，“好的作品能够创造读者”，就像贝多芬晚年所作的弦乐四重奏，历时50年才“创造”了他的听众。普鲁斯特的长句也会创造他的读者。周克希的译文，体现了现普鲁斯特长句长而缠绵、长而丰赡的意味。

艾吕雅：一切出于爱

《最后一夜》

艾吕雅 著
罗大冈 徐知免 译

节选 和平咏

所有幸福的妇女和她们的男人
重新见了面——男人正从太阳里回来，
所以带来这么多的温暖。
他先笑，接着温和地说：你好？
然后抱吻他的珍宝。

艾吕雅

全世界的伙伴们，
哈，朋友！
都抵不上我的老婆和孩子们，
坐在圆桌儿周围，
哈，朋友！

我的孩子很任性——
他的怪癖全都发泄出来。
我有一个伶俐俏皮的孩子，
他使我笑，使我笑个不停。

劳动吧！
我十个手指的劳动和脑力的劳动

神圣的劳动，极艰苦的劳动，
这是我的生活，我们日常的希望，
我们的爱的食粮。
劳动吧！

美丽的爱人，我们要看看你的乳汁
像白玫瑰似地开花；
美丽的爱人，你要快快做母亲，
按照我的形象，生一个小孩。

很久以来，我有一张无用的面孔，
可是现在呢，
我有了一张可以使人爱的面孔，
幸福的面孔。

果木的繁花照亮了我的园子，
照亮美观的树木，照亮果子树。
我劳动着，一个人在园子里，
太阳用幽暗的火焰烧在我手上。

节选　恋人

她站在我的眼睑上
而她的头发披拂在我的头发中间
她有我手掌的形状
她有我眸子的颜色
她被我的影子所吞没
仿佛一块宝石在天上
她的眼睛总是睁开
不让我睡去
在大白天她的梦
使阳光失了色，

使我笑，哭了又笑
要说什么但却什么话也说不出。

赏　析

法国超现实主义大师艾吕雅是诗坛圣手，他以生活为诗，以诗为生活，终生激情不减，诗作以千首计。他的诗具有意象奇隽、意境悠远、朦胧惝恍、情意缠绵的风格。

保尔·艾吕雅（1895～1952），原名欧仁·格兰德尔。自小身体羸弱，1912至1914年，他在克拉瓦德尔疗养院里开始写诗，深受拉福格的影响。在这期间，他认识了加拉，1917年与她结婚，1931年离异后，加拉成了画家达利的妻子。他曾经入伍，先做护士，后上前线，战争生活使他写出《和平颂》。艾吕雅还参加过达达主义和超现实主义运动，发表过《兽与人》、《死与不死》，尤其是《痛苦之都》，显示了他的抒情诗人的品质。

自由，平等，博爱——法兰西的国训被历代诸多诗人以无数种方式来表现，艾吕雅半就浪漫，半就超现实。他的诗歌大半短小精悍，语言平易，明净流畅，格调清新。有人认为，他的诗“像诗人的呼吸一样自发和自然，说着最具有情谊、最普遍的语言。它用最普通、最常用的字句组成，却包含了各种各样的奇迹。它是火焰，照亮了元素、事物、梦想和人”。他的诗在现代派诗人之中是最浅显易懂的，并不因意象的跳跃而显得晦涩。

来读《恋人》这首诗，这首作品体现出了一种幻觉性，但并不难懂。“她”的形象，首先被“缩微化”了，小到能够“站在我的眼睑上”，这种想象富于童话色彩。既而“她”的身体，又不断地与我的身体重叠，头发、手掌、眸子，“我”与“她”几乎完全重合在一起，生动地传达了爱人之间的亲密。

幻觉性给读者带来了一种新奇的感受，但不止于新奇，“幻觉性”与“抒情性”的良好结合，是此诗成功的关键。尤其是在第二节，“她”与“我”的重叠、同一，从外在形象转入了内在感受，“她”的眼睛、梦境都左右了我的生活，改变着阳光的颜色，“我”的感受、灵魂完全被“她”支配。最后，“我”又哭又笑，但说不出原因，恋爱之中复杂的心理感受，得到了准确的把握。

艾吕雅诗歌中，有个永恒的主题，爱。他爱生活、爱人类、爱诗歌、爱真理。在《盖尔尼加的胜利》中，他愤怒谴责了德国法西斯杀害无辜平民的暴行。本来，“妇女孩子在他们纯洁的眼里/有着春天的绿叶、纯奶/和时间/同样的财富”，而如今，“妇女孩子在他们的眼里有着/同样的红玫瑰/每人都流出血来”。诗人仅用一个红玫瑰的意象就写出了数以千计的平民被害的惨相，表现出这场大屠杀的残酷和罪恶的深重。评论家认为，在写政治诗方面，艾吕雅无疑独占鳌头，“他留下了最热烈动人的战争诗篇”。

艾吕雅在中国拥有诸多译者，已故北京大学教授罗大冈无疑是最重要的一位。罗大冈曾译过《艾吕雅诗钞》，1954 年由人民出版社出版，他本身就是一位优秀的诗人，诗文真心诚意，散发着幽远典雅、纯真优美的韵味。罗大冈早年在法国、瑞士留学和工作达 14 年之久，从巴尔扎克、雨果、乔治·桑、罗曼·罗兰到艾吕雅和阿拉贡，他译作的严谨与独到非常人所能及。

5

德语

《浮士德》：认识你自己

《浮士德》

歌　德　著
钱春绮　译

节　选

人们来看戏，他们最爱的是看。
在观众眼前展开复杂的剧情，
能使他们看得目瞪口呆，
你就立即博得大众的欢心，
成为红极一时的作者。
你只能以多量争取多数观众，
他们自己总会有所发现。
提供得多，总有些可以取宠，
人人都会满意地离开戏院。
搞一部作品，就把它分成数段！
做这种杂烩，一定很方便；
脑筋动起来容易，捧出来也很容易。
提供个完完整整的，有什么意思？
观众总要把它扯成碎片。
诗人：
你不知道这种手艺多么糟糕！
对于真正的艺术家多不合适！
漂亮人物的粗制滥造，
我看，已成为你的准则。

歌　德

团长：

这种责备并不使我生气：
一个欲善其事的男子
必须选择最好的工具。
想想看，你现在劈的乃是软木，
你瞧瞧观众，你为谁写稿！
有的人是因闲居无聊，
有的人是因吃饱丰盛的大菜，
还有一种人最最糟糕，
他们曾经看过报刊而来。
有的出于无心，像参加化装跳舞，
有的出于好奇，快步飞跑；
妇女们只是为了炫示自己和衣履，
来参加表演，不取酬劳。
你在诗人高峰上做什么美梦？
客满为什么使你满足？
走近点看看捧场诸公！
一半冷淡，一半粗俗。
有的想在看好戏后去打牌，
有的要在妓女中荒淫度夜。
干吗你们这些蠢材
为这些家伙去麻烦缪斯？
我劝你，去把内容搞得更加丰富，
就不会脱离目标，陷入歧途。

赏　析

《浮士德》是歌德的代表作，为诗体悲剧，根据16世纪一民间传说创作而成，是歌德倾注了毕生心血写成的鸿篇巨著；它描写主人公浮士德一生探求真理的痛苦经历，反映从文艺复兴到十九世纪初整个欧洲的历史。全书12111行的诗剧，由一系列叙事诗、抒情诗、戏剧、歌剧以及舞剧组成，涉及神学、神话学、哲学、科学、美学、文学、音乐以及政治经济学。

这个描述听起来就足够宏大，《浮士德》与荷马的史诗、但丁的《神曲》、莎士比亚的《哈姆雷特》并列，为欧洲的四大名著。

歌　德

《浮士德》在中国的翻译者众，且都是名家。郭沫若译本为不少人所推重，此外，绿原、杨武能都翻译过浮士德。钱春琦译本的优美之处在于好读——《浮士德》太宏大了，如果不看解读，光把剧情捋过一遍就属不易。对译本的选择就显得尤为重要。

钱春绮病逝于2010年，时至今日，中国早年那些最优秀的翻译家们，有大半已离开人世。钱春绮也是个诗人，半路出家搞翻译。他早年是皮肤科医生，只因人事调动，不得不进入自己并不喜欢的五官科工作，百般试图调动未果，他索性辞职，做起了专职翻译。这个选择做出于上个世纪60年代，就算今天看来，这也是个“不理性”的选择。然而要感谢这个选择，今天人们才可以读到钱译本的《浮士德》、《海涅诗集》、《恶之花》……

钱春绮精通英、法、德、日、俄5门外语，此外在西班牙文、希腊文、拉丁文上也曾下过大力气。他翻译时经常参照不同语种译本，比如翻译歌德的《浮士德》，就参照了英译本和日译本。在钱春绮之前，周学普和郭沫若的译本都不是按原始的格律译的，钱译本则遵照原始的格律，亦步亦趋。他翻译诗的初衷是为了更好地写诗，这些文字最终凝结在了来自异国的文学生命里。

钱春绮的译文清清白白，讲究注释。他所翻译的《查拉图斯特拉如是说》，注释文字超过了原作字数。在《浮士德》中，书斋部分里，魔鬼对学生说："你如果学好把一切还元…"他把"还元"解释道"归根成抽象的根本概念"，而其他任何版本都没有解释清这句话。

《浮士德》的剧情在天堂里拉开序幕。魔鬼靡菲斯特和上帝打赌，看他是否能够引诱浮士德放弃那永无休止的高尚追求，使之灵魂堕落、被平凡琐事满足，"让他吃泥土吃得津津有味"。上帝相信人的神圣性，于是同意魔鬼引诱他。整部剧中，浮士德经历了书斋生活、爱情生活、政治生活、追求古典美和建功立业五个阶段，它们浓缩了从文艺复兴到19世纪初期几百年间德国乃至欧洲资产阶级探索和奋斗的精神历程。

浮士德的形象还有更高的哲学涵义，表现在著名的"浮士德难题"上，它是每个人在追寻人生的价值和意义时都将无法逃避的灵与肉、自然欲求与道德灵境、个人幸福与社会责任之间的两难困境。在哈姆雷特的时代，人们会因思考而痛苦；浮士德同样因为思考自己生命的价值而感到痛苦，但他的可敬之处在于他永远承认自己的空虚和局限、自己真实的欲望，他虽与魔鬼为伍，但眼睛却始终注视着自己永不停止跳动的清白内心。他所做的一切都是为了一个更高的目的，也就是镌刻在古老的希腊德尔菲神庙上那句名言："认识你自己"——这个古老的命题自从被提出起，就一直折磨着思考者的心灵。

《格林童话》：幸福到老的结局如此诱人

《格林童话》

格林兄弟 著

杨武能 译

节 选

从前，一只猫认识了一只老鼠，于是喋喋不休地大谈自己多么爱它，多么渴望与它交朋友，直到老鼠终于答应与它住在一起，共同过日子。

“咱们可是应该做过冬的准备啦，不然到时候会挨饿的，”猫说，“你，亲爱的老鼠，可别到处乱跑啊，我真担心你到头来会闯进笼子里去的。”

格林兄弟

好心的劝告被接受了。它俩买来了一罐猪油，可不知道把油放到哪里才是。考虑了好久好久，猫才说：“我想，要藏猪油，没有地方比教堂更合适，在那儿谁也不敢偷东西。咱们就把罐子搁在祭坛底下，不到必需的时候不去动。”这样，油罐就放到了安全的地方。

可是没过多久，猫已经想吃猪油，就对老鼠说：“亲爱的，我告诉你，我表姐生了一个小儿子，雪白的皮毛带着褐斑，她要我做孩子的教父，我这会儿得抱它去受洗礼。让我去一趟吧，你一个人要看好家。”

“好，好，”老鼠回答，“去吧，上帝保佑你。如果吃什么好东西，可别忘了我，产妇喝的甜蜜蜜的红葡萄酒，我也乐意喝一点点喽。”

但一切全是假话，猫没有什么表姐，也没谁请它当教父。它直接来到教堂，溜到油罐跟前，开始舔啊舔啊，把猪油上边的一层硬皮全吃掉了。随后它又在城市的屋顶上散起步来，瞅准时机便躺下去晒晒太阳，每当想到那个猪油罐时，就抹一抹胡子。到了晚上，它才回家去。

“啊，你到底回来了，”老鼠说，“这一天你肯定过得挺快活吧？”

“还不错，”猫回答。

“那孩子取的什么名字？”老鼠问。

“没了皮儿，”猫干巴巴地回答。

“没了皮儿？”老鼠叫起来，“好稀罕奇怪的名字！在你们家难道都兴这样取名儿么？”

“那又有什么？”猫说，“总不见得比你的那些教父叫什么‘面包屑小偷’更差劲儿！”

没过多久，猫的嘴又馋了。它对老鼠说：“你得帮我个忙，再独自管管家。又来请我去做教父喽。这回孩子颈项上有一道白圈，我实在不好推辞。”

好心的老鼠同意了。猫便从城墙后边溜进教堂，吃掉了半罐猪油。它说：“只有吃在自己嘴里，味道才再好不过！”于是对它过的这一天心满意足。

它回到家，老鼠问：“这个孩子又取的什么名字？”

“剩一半，”猫回答。

“剩一半！你说什么呀？这样的名字我一辈子还没听见过。我敢打赌，就连历书上也不会有。”

不久，猫又对那美味流起口水来，对老鼠说："好事成三嘛。这不，我又要去当教父了，孩子周身黑黝黝的，只有爪子雪白，除此以外便没有一根白毛。这可是难逢难遇呀。你同意我去，是不是？"

"没了皮儿，剩一半！"老鼠回答，"好稀奇的名字呵，真叫我想不通。"

"瞧你穿着你那深灰色的绒皮袍，拖着条长长的辫子，成天坐在家里胡思乱想，怎么能想得通？这都怪你大白天待在家里不出门啊！"猫说。

赏 析

《格林童话》诞生于19世纪初，是由德国著名语言学家雅格·格林和威廉·格林兄弟收集、整理完成的德国民间文学。在中国，几乎每个人都能说出至少一篇格林童话的名字来，可见其深入人心之广。

杨武能

《格林童话》共收集了多少故事，说法不一，有说216篇，也有说211篇。1934年商务印书馆推出魏以新的译本——魏是翻译名家，曾译有《闵豪生奇游记》等作品。这个译本共两册，据德国莱比锡名著丛书译成，含210篇，书前有《格林兄弟传》一文，名为《格林童话全集》。这个版本是新中国成立前最全的译本，出版后备受好评。新中国成立后，上海少年儿童出版社和人民文学出版社还分别在1956和1959年将它重版，此后人文社又不断再版。

另一个值得关注的版本，是广西师范大学出版社2003年出版的杨武能译本，早先曾由译林出版社在1993年推出，后包含在广西师范大学出版社的《杨武能译文集》中，含故事206篇。杨武能翻译的名篇有《魔山》、《浮士德》以及《少年维特的烦恼》。他的译作，遍及少年至青中年的阅读层次。他认为，德国人称纯文学为“美的文学”，因此也不妨称文学翻译为“美的翻译”或“艺术的翻译”。杨武能曾师从冯至、田德望，在他50多年的翻译生涯中，《格林童话》是他最疼爱的孩子。

儿童文学翻译在国内其实不那么受重视，然而《格林童话》是这样一本书，无论是孩童，抑或是成人，都很适合读。格林兄弟以其丰富的想象、优美的语言，给孩子们讲述了一个个神奇而又浪漫的童话故事。它就像是一只精美绝伦的小宝盒，一代又一代人枕着它进入甜美的梦乡，进入幻想的天国。故事蕴含了人生经验，也传达了人生智慧。成年之后再读格林童话，会恍然觉得，格林童话的美，是撇开那层童年印象后，才凸显出来——善与恶，终归会回到它们该呆的轨道上去，这轨道通往各自的结局，哪怕中途交错混乱，终归会清晰。这些话放在任何时候都有安定人心的作用，幸福到老的结局虽然苍白，但也实在，诱惑无比。

《秋日》：一首美到无懈可击的诗

《秋日》

里尔克　著
冯　至　译

译　文

主啊！是时候了。夏日曾经很盛大。
把你的阴影落在日晷上，
让秋风刮过田野。

让最后的果实长得丰满，
再给它们两天南方的气候，
迫使它们成熟，
把最后的甘甜酿入浓酒。

冯　至

谁这时没有房屋，就不必建筑，
谁这时孤独，就永远孤独，
就醒着，读着，写着长信，
在林荫道上来回
不安地游荡，当着落叶纷飞。

《秋日》

里尔克　著
北　岛　译

译　文

主啊，是时候了。夏天盛极一时。
把你的阴影置于日晷上，
让风吹过牧场。

让枝头最后的果实饱满；
再给几天南方的好天气，
催它们成熟，把
最后的甘甜压进浓酒。

谁此时没有房子，就不必建造，
谁此时孤独，就永远孤独，
就醒来，读书，写长长的信，
在林荫路上不停地
徘徊，落叶纷飞。

赏　析

北岛说：这是一首完美到几乎无懈可击的诗作。

《秋日》是一首为里尔克赢得“最伟大诗人”称号的诗，它有诸多中文版本，包括冯至、绿原北岛等译本。然而每一个译者在感悟并用自己的诗情将它翻译成中文时，一定会加入自己理解的东西，从而使同一首诗歌出现大相径庭的效果。

冯至先生早年学习德语，也是诗人，他被鲁迅誉为“中国最杰出的抒情诗人”。他的这篇译诗精美纯熟，用汉语准确地传达了恢宏而又浓厚的秋日氛围，不仅仅是翻译，应确切地说，这是一次心领神韵的再创作。里尔克的译者之一林克曾说过，冯至先生的里尔克翻译一字难改。从中不难读出一个译者对另一个译者的崇敬之情。

里尔克生于铁路职工家庭，大学攻读哲学、艺术与文学史。1897年后他怀着孤独的心情遍游欧洲各国。他会见过托尔斯泰，给大雕塑家罗丹当过秘书，并深受法国象征派诗人波德莱尔等人的影响。第一次世界大战时他曾应征入伍，1919 年后迁居瑞士。

里尔克

里尔克的早期创作，具有鲜明的布拉格地方色彩和波希米亚民歌风味，如诗集《生活与诗歌》、《梦幻》等，但内容偏重神秘、梦幻与哀伤。欧洲旅行之后，他改变了早期偏重主观抒情的浪漫风格，写了大量表现自己思想感情的“咏物诗”，对资本主义的“异化”现象表示抗议，对人类平等互爱提出乌托邦式的憧憬。著名作品有借赞美上帝以展现资本主义没落时期精神矛盾的长诗《祈祷书》、《新诗集》和《新诗续集》。晚年，他思想更趋悲观，代表作为长诗《杜伊诺哀歌》和诸多十四行诗。

《秋日》是里尔克 1902 年 9 月 21 日在巴黎写就的，收录在诗集

《图像集》中，那年里尔克27岁。《秋日》一诗里，没有出现第一人称的“我”，但自始至终都是“我”在说话：结合第一句“主啊！是时候了”，可以看作全诗是“我”在向上帝说话，上帝是“我”倾吐与诉求的对象。而“我”诉求的内容是一个理想中的“秋日”，也是印象中的“秋日”。

“谁这时没有房屋，就不必建筑。谁这时孤独，就永远孤独”，这是里尔克的名句，几乎概括了里尔克一生的主题。他没有故乡，注定永远寻找故乡。大约在此两年前，他在给他的女友、后来的妻子信中写道：“您知道吗？倘若我假装已在其他什么地方找到了家园和故乡，那就是不忠诚。我不能有小屋，不能安居，我要做的就是漫游的等待。”这封信或许是这两句诗最好的注释。《秋日》的最后一句“在林荫道上来回不安地游荡，当着落叶纷飞”，尤其动人，一个孤独遐思的漫步者形象呼之欲出，读者会跟随他坠入丰盈而唯美的秋之意境。

卡夫卡：悲凉恐惧与悖谬

《午夜的沉默》

卡夫卡 著
叶廷芳 译

节 选

内心世界只能经历，不能描绘。

有可能想某种无可安慰的事吗？或者不如说在没有丝毫安慰的情况之下去想无可安慰的事？这里有一条出路：这么一种认识就是一种安慰。人们完全可能这么想：你必须排除你自己，人们完全可能不必篡改这种认识即保持不倒，保持这种意识：我认识到了。这将真的意味着，拽着自己的头发把自己拽出沼泽。在肉体世界中可笑的东西，在精神世界中往往是可能的。重力定律在那儿是不起作用的（天使不会飞，他们没有任何重力需要克服，只不过我们这些世俗的观察者不懂得更好的思维方法），这对我们来说当然是不可想象的，或者只有在更高的层次上才能想象。与我对我的房间的认识相比，我对我自己的认识是多么可怜啊。为什么呢？对外界的观察是存在的，但对内心世界的观察不存在。至少描写心理学在整体上也许是一种人神同形同性论。是对界线的啃噬。内心世界只能经历，不能描绘。——心理学是世俗描写在天界中的影像，说得更正确些，是我们这些彻头彻尾的大地归

卡夫卡

属者之想象描写的影像，因为影像是根本不存在的，我们看到的只是大地，我们面对的也只是它。

赏 析

扭曲古怪的叙事，充满精神分析意味的意象，充满理想主义的文字，随处可见的反思——这样的一种写作模式经过几代大师的雕琢，行文日益成熟。但没有人能说清楚它的终点在哪里。它似乎有无限的张力，其间任何奇迹都可能发生。实际上，这种不可言说的传承本身就是一个奇迹。如果顺着脉络一路上溯，我们会发现，这类笔法产生与兴盛的暗流，都清晰地指向一位风流于19世纪与20世纪交接处的奥地利作家。他的名字叫做弗兰茨·卡夫卡。

卡夫卡对文学孜孜以求，文学是他生活最重要的意义。他一直想放弃保险公司的工作以文学为生，但他是一个性格懦弱的人，又总把家人对他的期望和要求当做自己的责任。因而作家生活对他来说总是可望而不可求。他曾写下这样的句子来描述作家的生存状态："您把作家写成一个脚踏大地、头顶青天的伟人……事实上，作家总要比社会上的普通人小得多，弱得多。因此，他对人世间生活的艰辛比其他人感受得更深切、更强烈。对他本人来说，他的歌唱只是一种呼喊。艺术对于艺术家来说是一种痛苦，通过这个痛苦，他使自己得到解放，去忍受新的痛苦。他不是巨人，而只是生活这个牢笼里一只或多或少色彩斑斓的鸟。"

在卡夫卡濒死之时，他曾留下遗愿"将所有文稿付之一炬"。若非死后好友马克思·勃罗德违背他的遗言，替他整理遗稿，这些伟大的作品就将同孤独的卡夫卡一同长眠。

卡夫卡进入中国，缘于叶廷芳。早在1972年，叶廷芳在北京通县中国外文书店的仓库里发现正被廉价清理的前民主德国出版的《卡夫卡小说集》时，就萌发了从德文翻译卡夫卡作品的念头，但当时的政治环境，使他无奈地搁置译书的计划。"文化大革命"结束之后，他才有了机会实现自己的宿愿。他一边翻译卡夫卡作品，一边鼓起勇气写文章为卡夫卡"翻案"。只是依然心有余悸，以至当他在《世界文学》发表第一篇介绍卡夫卡的文章时，仍不得不用"丁方"的化名。

叶廷芳主编了九卷本的《卡夫卡全集》，他集中翻译了其中的日记和书信部分。他谈到，“书信日记在卡夫卡创作中占了五分之二左右的篇幅。它们不是流水账，不是感情叙述，而是字斟句酌地表达他的思想。他写自己的感受，表达自己内心的需求，绝大部分就是他的个人独白，很能反映出他的艺术观、世界观。对读者认识卡夫卡，应该说是非常重要。而卡夫卡写的情书，也会改变人们对卡夫卡的惯常的孤独者的形象。他并不是不食人间烟火，相反对爱情也很渴望，而且非常热烈。”

叶廷芳还翻译过卡夫卡的一些短篇，他对翻译书名也非常推敲，如把卡夫卡《美国》一书依据作者原意改名《失踪者》，把《审判》改为《诉讼》等。这样改绝非随心所欲或标新立异，而是他潜心研究卡夫卡其人其文的结果。叶廷芳的翻译作品，深深把握住了卡夫卡作品的最具价值的特点：悖谬。那种小人物无法操控自己的命运的悲凉感和恐惧感，人与人乃至家人之间情感的淡漠和缺失，那种人被物操控、异化成为非人的悖谬。

6

西班牙语

最美中國

《堂吉诃德》在中国之争

《堂吉诃德》

塞万提斯　著
杨　绛　译

节　选

塞万提斯

不久以前，有位绅士住在拉·曼却的一个村上，村名我不想提了。他那类绅士，一般都有一支长枪插在枪架上，有一面古老的盾牌、一匹瘦马和一只猎狗。他日常吃的砂锅杂烩里，牛肉比羊肉多些，晚餐往往是剩肉凉拌葱头，星期六吃煎腌肉和摊鸡蛋；星期五吃扁豆；星期日添只小鸽子：这就花了他一年四分之三的收入。他在节日穿黑色细呢子的大氅、丝绒裤、丝绒鞋，平时穿一套上好的本色粗呢子衣服，这就把余钱花光。他家里有一个四十多岁的管家妈，一个不到二十岁的外甥女，还有一个能下地也能上街的小伙子，替他套马、除草。我们这位绅士快五十岁了，体格很强健。他身材瘦削，面貌清癯，每天很早起身，喜欢打猎。据说他姓吉哈达，又一说是吉沙达，记载不一，推考起来，大概是吉哈那。不过这点在本书无关紧要，咱们只要讲来不失故事的真相就行。

且说这位绅士，一年到头闲的时候居多，闲来无事就埋头看骑士小说，看得爱不释手，津津有味，简直把打猎呀、甚至管理家产呀都忘个一干二净。他好奇心切，而且入迷很深，竟变卖了好儿亩田去买书看，把能弄到手的骑士小说全搬回家。他最称赏名作家斐利西阿诺·台·西尔巴的作品，因为文笔讲究，会绕着弯儿打比方；他简直视为至宝，尤其是经常读到的那些求情和怨望的书信，例如：“你以无理对待我的有理，这个所以然之理，使我有理也理亏气短；因此我埋怨你美，确是有理。”又如：“……崇高的天用神圣的手法，把星辰来增饰了你的神圣，使你能值当你的伟大所当值的价值。”

杨　绛

可怜的绅士给这些话迷了心窍，夜里还眼睁睁醒着，要理解这些句子，探索其中的意义。其实，即使亚里斯多德特地为此还魂再生，也探索不出，也不会理解。这位绅士对于堂贝利阿尼斯打伤了人自己也受到的创伤，总觉得不大放心，因为照他设想，尽管外科医生手段高明，伤口治好了也不免留下浑身满脸的瘢疤。不过话又说回来，作者在结尾声明故事还未完待续，这点他很赞成。他屡次手痒痒地要动笔，真去把故事补完。只因为他时时刻刻盘算着更重要的事，才没有这么办，否则他一定会动笔去写，而且真会写出来。他常常和本村的一位神父（西宛沙大学毕业的一位博学之士）争论骑士里谁最杰出：是巴尔梅林·台·英格拉泰拉呢，还是阿马狄斯·台·咖乌拉。可是本村的理发师尼古拉斯师傅认为他们都比不上太阳骑士，能和太阳骑士比美的只有阿马狄斯·台·咖乌拉的弟弟堂咖拉奥尔，因为他能屈能伸，不是个谨小慎微的骑士，也不像他哥哥那么爱哭，论勇敢，也一点不输他哥哥。

长话短说，他沉浸在书里，每夜从黄昏读到黎明，每天从黎明读到黄昏。这样少睡觉，多读书，他脑汁枯竭，失去了理性。他满脑袋尽是书上读到的什么魔术呀、比武呀、打仗呀、挑战呀、创伤呀、调情呀、恋爱呀、痛苦呀等等荒诞无稽的事。他固执成见，深信他所读的那些荒唐故事都千真万确，是世界上最真实的信史。他常说：熙德·如怡·狄亚斯是一位了不起的骑士，但是比不上火剑骑士；火剑骑士只消把剑反手一挥，就把一对凶魔恶煞也似的巨人都劈成两半。他尤其佩服贝那尔都·台尔·咖比欧，因为他仿照赫拉克利斯用两臂扼杀地神之子安泰的办法，在隆塞斯巴列斯杀死了有魔法护身的罗尔丹。他很称赞巨人莫冈德，因为他那一族都是些傲慢无礼的巨人，唯独他温文有礼。不过他最喜欢的是瑞那尔多斯·台·蒙达尔班，尤其喜欢他冲出自己的城堡，逢人抢劫，又到海外把传说是全身金铸的穆罕默德的像盗来。他还要把出卖同伙的奸贼咖拉隆狠狠地踢一顿，情愿赔掉一个管家妈，甚至再贴上一个外甥女作为代价。

总之，他已经完全失去理性，天下疯子从没有像他那样想入非非的。他要去做个游侠骑士，披上盔甲，拿起兵器，骑马漫游世界，到各处去猎奇冒险，把书里那些游侠骑士的行事一一照办：他要消灭一切暴行，承当种种艰险，将来功成业就，就可以名传千古。他觉得一方面为自己扬名，一方面为国家效劳，这是美事，也是非做不可的事。这可怜家伙梦想凭双臂之力，显身成名，少说也做到个特拉比松达的皇帝。他打着如意算盘自得其乐，急要把心愿见诸实行。

赏　析

一本来自文艺复兴时期西班牙的文学巨著、一位骑着瘦马、穿着破烂盔甲的西班牙绅士，漂洋过海来到中国已近一个世纪。它就是《堂吉诃德》。从1922年林纾翻译的《魔侠传》算起，截止到1997年人民文学出版社出版《塞万提斯全集》时的统计，《堂吉诃德》的中文译本已有19种之多。

译本众多，争议自然不少。关于《堂吉诃德》最著名的争议，可能就是董燕生把杨绛版的《堂吉诃德》当成反面教材所引起的“笔仗”。

在西班牙语界，董燕生是一个熟悉的名字。全国高等院校西班牙语专业普遍采用的教材就是董燕生编写的《西班牙语》。然而，正是董燕生，认为杨绛的《堂吉诃德》译本完全是个误解，“她太自信了，该查字典的地方没有去查字典”；他指责杨绛译本比他的译本少了11万字，

“可见她翻译时删掉了其中的部分章节”。

杨绛对此的回应，是翻译需要“点烦”。杨绛说：“《文史通义》中讲到刘知几主张对文章要进行‘点烦’，要删繁就简，点掉多余烦琐的文字，翻译涉及两种文字的不同表述，更应该注意‘点烦’。《堂吉诃德》的译文，起初我也译有八十多万字，后经我认真的‘点烦’，才减到七十多万字，这样文字‘明净’多了，但原义一点没有‘点掉’。比如书中许多诗歌，可以去查查，原诗是多少行，我少译了哪一行？搞翻译，既要为原作者服务好，又要为读者服务好，我‘点烦’掉十多万字，就是想使读者读得明白省力些，何况这一来我还少拿了十多万字的稿费呢。”

一位资深翻译家曾谈到：塞万提斯讲故事和用词，常常十分冗长啰唆，适当“点烦”，确实会使语意更加突出，情节更加紧凑。以《堂吉诃德》（上册）两章的标题为例。如第33章标题，董燕生译本为：“这里讲到一个死乞白赖想知道究竟的人”；屠孟超译本为：“一个不该这样追根究底的人的故事”；杨绛则译为：“何必追根究底（故事）”。又如第35章标题，董译本为：“堂吉诃德勇猛大战红葡萄酒皮囊和《死乞白赖想知道究竟的人》故事结尾”；屠译本为：“《一个不该这样追根究底的人的故事》结束”；杨绛则译为：“堂吉诃德大战盛满红酒的皮袋，《何必追根究底》的故事结束”。仅对比第33章的标题，杨绛译文的字数，比董、屠译本少了一半或近一半，但读来并不会产生误解或歧义，反而感到言简意明。

就文本来看，堂吉诃德其实是个奇特的存在。作为一个人，他有着对理想的不可思议的执著。堂吉诃德将现实中的一切都看作了想象的骑士世界：长着麻脸的村姑是举世无双的美人杜尔西内娅小姐；风车是舞着爪牙的巨人；客店老板是高贵的公爵……塞万提斯为什么要写一个疯子呢？他在其中寄寓了多少自己的理想呢？

洛尔迦：他的诗点亮了谁

《爱的伤口》

洛尔迦　著
戴望舒　译

译　文

光线如熊熊烈火，
吞噬着围绕我的灰色山河，
咀嚼着我内心的血泪，
令天空、大地和时光映出惨淡光寰。

戴望舒

血的哀叹点缀着
毫无生气的琴瑟和淫荡的火炬，
如大海撞击我的心房，
如蝎子爬入了胸膛。

爱情的花环，点缀着我伤痛的床笫，
在双胸低垂的废墟里，
失眠的我梦见了你的到来。

虽然我小心翼翼，
你的心却再次轻易地为我铺下了
布满毒芹和陷阱的爱情山谷。

《低着头》

洛尔迦　著
戴望舒　译

译　文

思想在高飞，我低着头，
在慢慢地走，慢慢地走，
在时间的进程上
我的生命向一个希望追求。
在一条灰色的路旁
我看到开满花的小径：
有一朵蔷薇花
充满了光明，充满了生命，
也充满了酸辛。
女性啊，你是园中开着的花朵：
有如你处女的肌肤，那些蔷薇
说不尽的芬芳和娇柔，
但也充满了悒郁的乡愁。

赏　析

在上个世纪80年代当代诗歌创作的嬗变中，北岛、顾城等一大批新诗风的倡导者，深受洛尔迦等现代派诗风的影响。费德里科·加西亚·洛尔迦，20世纪最伟大的西班牙诗人。这位“安达卢西亚之子”把他的诗同西班牙民间歌谣创造性地结合起来，创造出了一种全新的诗体：节奏优美哀婉，民间色彩浓郁，易于吟唱，同时又显示出超凡的诗艺。近70年来，他的诗歌作品对世界诗坛产生了巨大影响，美国著名诗人勃莱谈到他的作品时说：“洛尔迦的诗歌佳作是人类智力的楷模。”遗憾的是，这位诗人仅仅活了不到40岁。

洛尔迦

洛尔伽的诗，戴望舒翻译过一部分，后来北岛在其基础上进行了一些修订，并把洛尔伽重新译为洛尔加。戴望舒的好友施蛰存在《洛尔加诗抄》编后记中写道：“已故诗人戴望舒曾于一九三三年从巴黎到西班牙去作过一次旅行，这次旅行的重要收获之一便是对西班牙人民诗人费·加·洛尔加的认识。后来望舒回国和我谈起洛尔加的抒情谣曲怎样在西班牙全国为广大的人民所传唱，曾经说：‘广场上，小酒店里，村市上，到处都听得到美妙的歌曲，问问它们的作者，回答常常是：费特列戈，或者是：不知道。这不知道作者是谁的谣曲也往往是洛尔加的作品。’他当时就在这样的感动之下，开始深深地爱上洛尔加的作品并选择了一小部分抒情谣曲，附了一个简短的介绍，寄回祖国来发表在一个诗的刊物上，这是国内读者第一次读到中文的洛尔加诗歌。1936年，洛尔加被佛朗哥匪帮谋杀之后，在全世界的哀悼与愤怒中，洛尔加的声名传遍到每一个文化角落里，从那时候开始，戴望舒就决定要把洛尔加的诗歌更广地更系统地介绍给我国的读者。”

这些戴望舒30年代旅欧时的译作，于1956年才结集出版，到70年代初才在隐晦的范围内传播开来。北岛说：“时至今日，戴的译文依然光彩新鲜，使中文的洛尔加得以昂首阔步。后看到其他译本，都无法相比。戴还先后译过不少法国西班牙现代诗歌，都未达到这一高度。也许正是洛尔加的诗激发了他，照亮了他。由于时代隔绝等原因，戴本人的诗对我们这代人影响甚小，倒是他通过翻译，使传统以曲折的方式得以衔接。”

洛尔迦说，诗歌是不可能造就的可能，和音乐一样，它是看不见欲望的可见的记录，是灵魂的神秘造就的肉体，是一个艺术家所爱的一切的悲哀遗物。

1934年8月11日，洛尔迦的好友梅亚斯在斗牛场受重伤，13日上午逝世。10月底，他开始写他一生最长的一首诗《伊涅修·桑切斯·梅亚斯的挽歌》，这首长诗是他的巅峰之作——

在下午五点钟。
正好在下午五点钟。
一个孩子拿来白床单
在下午五点钟。
一筐备好的石灰
在下午五点钟。
此处便是死。只有死
在下午五点钟。
风带走棉花。
在下午五点钟。
氧化物散播结晶和镍
在下午五点钟。
现在是鸽与豹搏斗
在下午五点钟。
大腿与悲凉的角
在下午五点钟。
低音弦响起
在下午五点钟。
砒素的钟与烟
在下午五点钟。
角落里沉默的人群
在下午五点钟。
只有那牛警醒！
在下午五点钟。
当雪出汗
在下午五点钟。
斗牛场满是碘酒
在下午五点钟。
死亡在伤口生卵

在下午五点钟。
在下午五点钟。
正好在下午五点钟。

灵车是他的床
在下午五点钟。
骨与笛响在他耳边
在下午五点钟。
那牛向他额头咆哮
在下午五点钟。
屋里剧痛大放异彩
在下午五点钟。
坏疽自远方来
在下午五点钟。
绿拱顶中水仙喇叭
在下午五点钟。
伤口像太阳燃烧
在下午五点钟。
人群正砸破窗户
在下午五点钟。
在下午五点钟。
噢，致使的下午五点钟！
所有钟表的五点钟！
午后阴影中的五点钟！

一个个触目惊心断然的句号，一次次的“下午五点钟”。节奏感强烈。急迫得让人喘不过气来。也许这就是洛尔加所说的“神圣的节奏”。它短促而客观，不容置疑。用时间限定的叠句切断任何拖延的可能。借助于对洛尔迦诗歌的翻译，汉语作为一种诗歌语言，它的质地、魅力和音乐性，被诗人和译者提升到了一个新的维度。

马贡多的孤独

《百年孤独》

马尔克斯　著
黄锦炎　译

节　选

马尔克斯

想睡的人——并非由于疲乏，而是渴望做梦——采取各种办法把自己弄得精疲力尽，他们聚在一起，不住地絮絮叨叨，一连几小时把同样的奇闻说了又说，大讲特讲白色阉鸡的故事。一直把故事搞得复杂到了极点。这是一种没完没了的玩耍——讲故事的人问其余的人，他们想不想听白色阉鸡的故事，如果他们回答他“是的”，他就说他要求回答的不是“是的”，而是要求回答：他们想不想听白色阉鸡的故事；如果他们回答说“不”，他就说他要求回答的不是“不”，而是要求回答：他们想不想听白色阉鸡的故事；如果大家沉默不语，他就说他要求的不是沉默不语，而是要求回答：他们想不想听白色阉鸡的故事，而且谁也不能走开，因为他说他没有要求他们走开，而是要求回答：他们想不想听白色阉鸡的故事。就这样，一圈一圈的人，整夜整夜说个没完。

……

这时候，为了早些看到有关他死的预言，以便知道死的日期和死时的情景，他又跳过了几页。但是，他还没有把最后一句话看完，就已经明白了，他从此再也不会离开这间屋子，因为这座镜子城在奥雷良诺.巴比洛尼亚译读出全本羊皮书的时刻，将被飓风刮走，并将从人们的记忆中完全消失。这手稿上所写的事情过去不曾，将来也永远不会重复，因为命中注定要一百年处于孤独的世家绝不会有出现在世上的第二次机会。

赏 析

1984年，上海译文出版社出版了黄锦炎、沈国正、陈泉三人合译的《百年孤独》，这是人们能看到的《百年孤独》最早版本之一，这个尴尬的没得到授权的版本，却是众多“孤独迷”心中最好的那一本。

作为魔幻现实主义文学的代表作，《百年孤独》酝酿达十数年之久，加西亚·马尔克斯1965年开始创作，1967年出版，在拉丁美洲乃至全球引起巨大轰动，被誉为“再现拉丁美洲社会历史图景的鸿篇巨著”。1982年，加西亚·马尔克斯获得了当年的诺贝尔文学奖，《百年孤独》的名字通过各种渠道传播开了。

2011年5月30日，西班牙首版出版44年后，步入中年的《百年孤独》终于高举“正版授权”的通行证，重新站在了中国读者面前。从“孤寂”到“孤独”、从“魔术主义”到“魔幻主义”，从“马贡多”到“马孔多”，然而，在中国，在读书界深入人心的，依旧是黄锦炎的版本。

一个小插曲是，在上海译文最初的出版计划中，这本书并不叫《百年孤独》。黄锦炎说：“当时出版社的项目叫《百年孤寂》，可能是台湾先出了《一百年的孤寂》，我翻译的时候，觉得原文的意思应该是‘一百年的孤独’，就定下来《百年孤独》这个名字。”

当年38岁的黄锦炎，和沈国正、陈泉同是上海外国语大学的教师，翻译的初衷，不过是出于西语工作者对西语文学的热爱。在正处“书荒期”的中国，为了加快出版速度，大多数西语文学作品都是好几个译者共同翻译，有的甚至是十几个人合译。为了不影响整体翻译风格，黄锦炎在最开始就统一了人名和地名。虚幻的城市，马贡多，成了这个译本的标志。

正版授权的《百年孤独》，译者是新人范晔，今年35岁。他并不像老一辈译者那样把这本书看得如此之重："直到书出来之后，我才发现很多读者对这本书倾注了很大的感情，甚至成为他们成长史的一部分，这一点让我始料未及。"八九个月的时间里，范晔在西班牙完成了这本《百年孤独》的翻译，实际上这并非他一个人的工作，他的背后有一个专家顾问团队，包括编辑、西语专家和文艺批评家，但这些人没有留下任何名字。

《百年孤独》是一本深情的书，家族的故事仿如一幅漫长的卷轴慢慢展开在眼前。现实与梦幻的情节如此水乳交融，因此有家中游荡的鬼魂仿佛已是人们司空见惯的情景，再不现实的剧情也不觉得荒谬。马贡多就是一座梦幻之城，它与外界隔绝却仍似人间，它与人间联通后又仍似幻境。它是必然存在与必然毁灭的土地，百年的孤独存在于庞大的家族中的每一个人身上，因此家族越是旺盛的时候，这份孤独也就越盛，那是沉浸于对神秘的知识的探索的孤独，沉浸于癫狂情欲中的孤独，沉浸于不可得之爱的孤独，沉浸于日夜为家族操劳此外再别无生活的孤独，沉浸于没有可与之交谈的活人而只能与鬼魂交流的孤独。在这世上，并不是所有人都能像布恩迪亚家族中的人，于某一时刻突然意识到自己的孤独。

生命是一首情诗

《二十首情诗和一支绝望的歌》

聂鲁达　著
王永年　译

译　文

我记得你去秋的神情

我记得你去秋的神情。
你戴着灰贝雷帽　心绪平静。
黄昏的火苗在你眼中闪耀。
树叶在你心灵的水面飘落。

聂鲁达

你像藤枝偎依在我的怀里
叶子倾听你缓慢安详的声音。
迷惘的篝火　我的渴望在燃烧。
甜蜜的蓝风信子在我的心灵盘绕。

我感到你的眼睛在漫游　秋天很遥远；
灰色的贝雷帽　呢喃的鸟语　宁静的心房
那是我深切渴望飞向的地方
我快乐的亲吻灼热地印上。

在船上瞭望天空　从山冈远眺田野。
你的回忆是亮光　是烟云　是一池静水！

傍晚的红霞在你眼睛深处燃烧。
秋天的枯叶在你心灵里旋舞。

我记得你往日的样子

李宗荣 译

我记得你去年夏日的样子。
你是灰色的贝雷帽、一颗静止的心。
在你的眼中，曙光的火焰
树叶纷纷坠入你灵魂的池中。

让我的双臂如攀爬的植物般紧握，
树叶收敛你的声音，缓慢而平静。
敬畏的火中我的渴求燃烧。
甜美的蓝色风信子缠绕我的灵魂。

我感觉你的双眼游移，秋日已经远去；
灰色的贝雷帽，鸟的声音，像一座屋子的心，
我深切的渴望朝彼处迁徙，
我的千吻坠落，如琥珀般快乐。

孤帆的天空。山丘的千陌：
你的记忆以光制成，以烟，以沉静的水的池塘！
越过你的双眼再过去，夜正发光。
干燥的秋叶在你的灵魂里回旋。

赏 析

聂鲁达 13 岁开始发表诗作。1923 年发表第一部诗集《黄昏》，1924 年发表成名作《二十首情诗和一支绝望的歌》，自此登上智利诗

坛。他的诗歌既继承了西班牙民族诗歌的传统，又从惠特曼的创作中找到了自己最倾心的形式。

在聂鲁达一生近半世纪的文学创作之中，情诗一直是他最脍炙人口的主题，也使得聂鲁达的名字几乎成为情诗的代名词。《二十首情诗与绝望的歌》，《船长之诗》以及《一百首爱的十四行诗》是他最受欢迎的诗集。

李宗荣翻译过《二十首情诗与绝望的歌》。在译文集的序言里，陈文茜写道："看着这本诗集，仿佛观看20世纪60年代的美丽。新世纪里，全球化的趋势把所有古老的东西拆解，当每个人的生活都必须改变时，我们对历史的依赖感便越来越淡薄。而关于这个逝去的聂鲁达的年代，却成为我们近代文明里最珍贵的片段。对一个回顾20世纪的老者，聂鲁达是整个20世纪文明的象征，因为他告诉我们：生命就是战争，生命就是爱情，生命更是一首情诗。"

然而，西班牙文转换为中文，原本的节奏会丧失殆尽。翻译等于另起炉灶的再创作，重建一个中文的抒情系统。这也是译诗差别很大的原因所在。试读王永年和李宗荣翻译的聂鲁达同一首诗，文本差别很大。王永年似乎只在《二十首情诗和一支绝望的歌》里挑了这一首翻译。他并没使用什么特别古雅的词汇，只是谨慎地把词句按中文的习惯连缀起来，非常圆满。单是这几句："我记得你去秋的神情/你戴着灰贝雷帽心绪平静/黄昏的火苗在你眼中闪耀/树叶在你心灵的水面飘落。"一个"去秋"，就显得非常美好。

诗是微妙而富有偶然性的东西，很多时候，那些对文字有感觉的人更善于把握眷顾自己的运气。一个有分寸感的诗人，懂得在一支好的抒情诗里，充沛的感情不是一切，它还必须依靠语词精确的计算与研磨，反复打磨，直到最后无论哪一句单独抽出来，都闪闪发光。

王永年18岁进入上海圣约翰大学读书，与张爱玲在一个班读英文。他精通英文、俄文、西班牙文和意大利文，是中国翻译《十日谈》的第一人。然而，让他成为近年来话题人物的，却是为上海译文出版社翻译的《在路上》。王永年曾谈到，这是一部让他感到翻译起来很痛苦的书。诚然，以王永年这样的谨密诗意，去翻译《在路上》着实有些气场不合。译者，有时需要与作者有些相似的气质。

7

意大利语

关于《神曲》的那些往事

《神曲》

但　丁　著

田德望　译

地狱篇　第一章　节　选

在人生的中途，我发现我已经迷失了正路，走进了一座幽暗的森林，啊！要说明这座森林多么荒野、艰险、难行，是一件多么困难的事啊！只要一想起它，我就又觉得害怕。它的苦和死相差无几。但是为了述说我在那里遇到的福星，我要讲一下我在那里看见的其他的事物。

我说不清我是怎样走进了这座森林的，因为我在离弃真理之路的时刻，充满了强烈的睡意。但是，走到使我胆战心惊的山谷的尽头，一座小山脚下之后，我向上一望，瞥见山肩已经披上了指导世人走各条正路的行星的光辉。这时，在那样悲惨可怜地度过的夜里，我的心湖中一直存在的恐怖情绪，才稍微平静下来。犹如从海里逃到岸上的人，喘息未定，回过头来凝望惊涛骇浪一样，我的仍然在奔逃的心灵，回过头来重新注视那道从来不让人生还的关口。

我使疲惫的身体稍微休息了一下，然后又顺着荒凉的山坡走去，所以脚底下最稳的，总是后面那只较低的脚。瞧！刚走到山势陡峭的地方，只见一只身子轻巧而且非常灵便的豹在那里，身上的毛皮布满五色斑斓的花纹。它不从我面前走开，却极力挡住我的去路，迫使我一再转身想退回来。

这时天刚破晓，太阳正同那群星一起升起，这群星在神爱最初推动那些美丽的事物运行时，就曾同它在一起；所以这个一天开始的时辰和这个温和的季节，使我觉得很有希望战胜这只毛皮斑斓悦目的野兽；但这并不足以使我对于一只狮子的凶猛形象出现在面前心里不觉得害怕。只见它高昂着头，饿得发疯的样子，似乎要向我扑来，好像空气都为之颤抖。还有一只母狼，瘦得仿佛满载着一切贪欲，它已经迫使很多的人过着悲惨的生活，它的凶相引起的恐怖使得我心情异常沉重，以致丧失了登上山顶的希望。正如专想赢钱的人，一遇到输钱的时刻到来，他一切心思就都沉浸在悲哀沮丧的情绪中，这只永不安静的野兽也使我这样，它冲着我走来，一步步紧逼着我退向太阳沉寂的地方。

作者古斯塔夫·多雷（Gustave Dore，1832 ~ 1883），不仅是 19 世纪最成功的插图画家，也可能是有史以来最成功的插图画家。他出生于法国的斯特拉斯堡，早在童年时代就显示出了超人的艺术天分。他 15 岁时便到巴黎开始了其辉煌的艺术生涯。没过多久，他为拉伯雷、巴尔扎克等伟大作家所做的插图便使他一举成名，而他为《圣经》以及但丁、弥尔顿、塞万提斯等人的作品所作的插图，也从此成为插图界无法逾越的巅峰。

赏 析

《神曲》原名《喜剧》，薄伽丘在《但丁传》中为了表示对诗人的崇敬，给这部作品冠以“神圣的”称谓。后来的版本便以《神圣的喜剧》为书名，中译本通称《神曲》。这部中世纪史诗，由意大利诗人阿利盖利·但丁写于1307年至1321年。

一万四千行的史诗很难读懂，甚至连通读一遍都属不易。不如来了解一下背景。但丁身处的中世纪，当时意大利名义上隶属神圣罗马帝国，但帝国的皇帝通常从德意志诸侯中产生，仅仅在名义上行使对意大利的统治，意大利实际上陷于政治分裂的状态。但丁迫切希望建立中央集权的君主政体，以约束和驾驭互相敌对的城邦和封建诸侯，保障意大利成为一个统一的、富强的国家，“使世纪获得稳固的和平，使雅诺的庙门关闭”。

从这个角度，就比较容易理解《神曲》的诞生，《神曲》充满着隐喻性和象征性，同时又洋溢着鲜明的现实性与倾向性。但丁借贝阿特丽切对他的谈话表示，他写作《神曲》的主旨，是“为了对万恶的社会有所裨益”。

在意大利，学生们从中学就开始阅读《神曲》，它也是欧洲四大古典名著之一，但长期以来，《神曲》的中译本都是自别的文字译本转译的。田德望的译本直接从意大利文翻译而来，无可替代。

但 丁

田德望和卞之琳，是冯至最钦佩的两位翻译家之一，当冯至委托田德望翻译《神曲》时，早年留学意大利的田德望欣然应允，那年，田德望74岁。

翻译《神曲》的难度颇大，原作是诗体，田德望参考过印欧语系的多种译本，考虑到中国诗体的韵律，更想到但丁本人曾论述译诗很难达到原著的诗韵，于是，斟酌再三，决定以散文体译出。这优美的散文从译者的笔下流出来时却有如创作一样艰辛。田老翻译的《神曲》第一集《地狱篇》除正文7万字外，注释文字达16万字，从1983年秋到1986年10月，花了三年多时间才译完。《神曲》第二集《炼狱篇》的翻译从1986年冬起始，正文同样是7万字，而注释文字竟多达34万字。

早在翻译第一集的后期，田德望已身患癌症。至《炼狱篇》1995年全部译成之后，已是1995年。其时，嘱他翻译《神曲》的诗人冯至已经过世。

全本《神曲》译完已是1998年的事，其时田德望已89岁高龄。两年后，田德望仙逝，这是以生命写就的美丽译文。

《神曲》共分三部，每部33篇，最前面增加一篇序诗，一共100篇。但丁·阿利基埃里以第一人称记述，自己35岁时（人生的中途）误入一座黑暗的森林（象征罪恶），在一座小山脚下，有三只猛兽拦住去路，一只母狼（象征贪欲），一只狮子（象征野心），一只豹（象征逸乐），又一种说法是说它们分别象征教皇、法国国王和佛罗伦萨人。他在呼救时出现了古罗马诗人维吉尔的灵魂，对他说："你不能战胜这三只野兽，我指示你另一条路径。"带领他穿过地狱、炼狱，然后把他交给当年但丁·阿利基埃里单相思暗恋的情人贝阿特丽切的灵魂，带他游历天堂，一直到见到上帝。

在但丁笔下，他描写的地狱、炼狱和天堂，受到欧洲中世纪幻游文学的启示和影响，但《神曲》不像中世纪文学作品那样粗糙庸俗、虚无缥缈；诗人以丰富的想象力、精深的神学哲学修养和新颖的构思，为三个境界设计了严密的结构、清晰的层次。他把地狱、炼狱、天堂各分为9层，蕴含着深邃的道德涵义。在描绘不同境界时，他采用不同的色彩。地狱是惩戒罪孽的境界，色调凄幽、阴森；炼狱是悔过和希望的境界，色彩转为恬淡、宁静；天堂是至善至美的境界，笼罩在一片灿烂、辉煌之中。多层次、多色调的形象描绘，赋予这些境界以巨大的真实性，奇而不诡，精微致深。

《神曲》的译文是散文诗体，但丁在写人绘景时，常常喜欢采用极其通俗的比喻，产生极不寻常的艺术效果。例如，地狱里的幽灵遇见陌生来客维吉尔和但丁，惊奇地盯视着他们，好像老眼昏花的裁缝凝视针眼一样。形容枯瘦的幽灵两眼深陷无神，好像一对宝石脱落的戒指。在魔鬼卡隆的鞭打下，幽灵从岸边跳进地狱界河的小船，好像秋天的树叶一片一片落下。田德望的译文形象逼真、栩栩如生。

《看不见的城市》：语言消散在无边的海洋里

《看不见的城市》

卡尔维诺 著
吕同六 译

节 选

卡尔维诺

马可·波罗描述他旅途上经过的城市的时候，忽必烈汗不一定完全相信他的每一句话，但是鞑靼皇帝听取这个威尼斯青年的报告，的确比听别些使者或考察员的报告更专心而且更有兴趣。在帝王的生活中，征服别人的土地而使版图不断扩大，除了带来骄傲之外，跟着又会感觉寂寞而又松弛，因为觉悟到不久便会放弃认识和了解新领土的念头。黄昏来临，雨后的空气里有大象的气味，炉子里的檀香木灰烬渐冷，画在地球平面上的山脉和河流，因一阵晕眩而在懒散的曲线上颤动，报告敌人溃败的军书给卷起了，藉藉无闻的君主愿意岁岁进贡金银、皮革和玳瑁的求和书给打开了封蜡，这时候便有一种空虚的感觉压下来。我们这时候在绝望中发觉，我们一直视为珍奇无比的这个帝国，只是一个无止境的不成形状的废墟，腐败的坏疽已经扩散到非我们的权杖所能医治的程度，而征服敌国的胜利，反而使我们继承了它们深远的祸根。只有马可·波罗的报告能够让忽必烈汗从注定要崩塌的围墙和塔楼中看出一个图案细致、足以逃过白蚁蛀食的窗格子。

城市和记忆之一

从那儿出发，向东走三天，你便会抵达迪奥米拉，这座城有六十个白银造的圆屋顶、全体神祇的铜像、铺铅的街道、一个水晶剧场，还有一头每天早上在塔楼上啼叫的金公鸡。旅客熟悉这些美景，因为他在别的城市见过。然而这城市有一种特别的品质，如果有人在九月的一个黄昏抵达这里，当白昼短了，当所有的水果店子门前同时亮起多色彩的灯，当什么地方的露台传来女子叫出一声“啊!”他就会羡慕而且妒忌别人：他们相信以前曾经度过一个完全相同的黄昏，而且觉得那时候快乐。

城市和记忆之二

人假使在荒地上走了很长的时间，自然就会期望到达城市。后来，他终于抵达伊希多拉，这儿的建筑物有镶满螺旋形贝壳的螺旋形楼梯，这儿的人制造完美的望远镜和小提琴，这儿的外国人在面对两个女性而犹豫不决的时候总会邂逅第三个女性，这儿的斗鸡会演变成为赌徒的流血殴斗。他期盼着城市的时候，心里想着的正是这些事情。因此，伊希多拉便是他梦想的城：只有一点不同。在梦想的城里，他是个年轻人；他抵达伊希多拉的时候却是个老头。在广场的墙脚，老头们静坐着看年轻人走过；他跟他们并排坐在一起。欲望已经变成记忆。

赏　析

“马可·波罗描述他旅途上经过的城市的时候，忽必烈汗不一定完全相信他的每一句话，但是鞑靼皇帝听取这个威尼斯青年的报告，的确比听别些使者或考察员的报告更专心而且更有兴趣。”这是《看不见的城市》的开头，尤其是当中这一句：“黄昏来临，雨后的空气里有大象的气味，炉子里的檀香木灰烬渐冷，画在地球平面上的山脉和河流，因一阵晕眩而在懒散的曲线上颤动，报告敌人溃败的军书给卷起了，藉藉无闻的君主愿意岁岁进贡金银、皮革和玳瑁的求和书给打开了封蜡，这时候便有一种空虚的感觉压下来”。这就是“况味”吧，先是营造氛围，再汩汩地涌出气息，充满美和智慧的开头。

伊塔洛·卡尔维诺1985年9月辞世，他被认为是欧洲当代文学的旷世奇才。他最为中国读者所熟知的作品是《分成两半的子爵》和《树上的男爵》。《看不见的城市》并不是接受度很高的一本书，然而这是一部无穷尽的作品，从马可·波罗讲述城市开始，抛出锚，却永远甩不到岸，锚头和锚绳都消散在无边际的海洋里……

卡尔维诺文集

《看不见的城市》有张宓和吕同六译本，都很美。吕同六是意大利文学在中国的重要传播者，他的译本为更多的人所认可。

《看不见的城市》采用“诗散文”的形式，构造出55座城市，这55个城市刚好分布于小说的9章55篇之中。每一篇写一个城市，这部作品并无传统观念中的情节发展可言，甚至难以被称作小说，最为人称道的是其文字优美华丽，公认为卡尔维诺“最美丽的书”。

在这部奇特的挑战客观现实的想象性作品中，威尼斯的爱好幻想的旅行家马可·波罗和鞑靼国年迈忧郁的统治者忽必烈汗进行了一次对话。马可·波罗对可汗回忆了他访问过的城市的景象，那些城市都有着诱人的女性的名字。马可·波罗讲述它们的时候，这些城市就如同在中世纪手稿中那样，看上去非常华丽。逐渐的，他的故事中开始包含了现代世界的东西。当旅行家穿越时间和空间，明亮的画面变得不那么赏心悦目了——“形式的清单是永无穷尽的：只要每种形式还没有找到自己的一座城市，新的城市就会不断地产生。一旦各种形式穷尽了它们的变化，孤立出来，城市的末日就开始了。”这句关键的句子最好地描述了作者安排的这个微妙的游戏。

对于这部难以称为小说的小说，每个人都会有自己的解读。卡尔维诺认为，文学需要品味模糊与不确定事物的美，但它要求“确切地、细致地注意每一个形象的布局、细节的微细限定、物体的选择、光照和大气”，“朦胧诗人只能是提倡准确性的诗人”。他用“晶体”派比喻他自己以及像博尔赫斯这样一群热衷于逻辑的、几何的以及形而上学的秩序的诗人和作家。《看不见的城市》正是这样一块晶体。全书九章中共有55个城市故事，归属于11个主题，每个主题有五个故事。每章中的不同主题在前后各章中依次出现，由强渐弱，逐步消失，前一章里的新主题和下一章构成绵延不断的链接。

在后现代状况下，城市的同质化、片面化和无序状态是卡尔维诺在小说中所进行的思考，正如他在这部小说的“序言”中所说：“这是些‘别处’的大陆，在今天，‘别处’可以说已经不再存在了，整个世界趋向于变得一致。”城市本身就是一个悖论。卡尔维诺给出了问题，却没有给出解答。“他抵达伊希多拉的时候却是个老头。在广场的墙脚，老头们静坐着看年轻人走过；他跟他们并排坐在一起。欲望已经变成记忆。”

8

俄　语

从不给一个温暖的结局

《一个文官的死》

契诃夫　著
汝　龙　译

原　文

契诃夫

在一个挺好的傍晚，有一个也挺好的庶务官，名叫伊万·德米特里奇·切尔维亚科夫，这个姓可意译为“蛆”。他坐在戏院正厅第二排，举起望远镜，看《哥纳维勒的钟》一出三幕小歌剧。他一面看戏，一面感到心旷神怡。可是忽然间……在小说里常常可以遇到这个“可是忽然间”。作者们是对的：生活里充满多少意外的事啊！可是忽然间，他的脸皱起来，眼珠往上翻，呼吸停住……他取下眼睛上的望远镜，低下头去，于是……啊嚏!!! 诸位看得明白，他打了个喷嚏。不管是谁，也不管是在什么地方，打喷嚏总归是不犯禁的。农民固然打喷嚏，警察局长也一样打喷嚏，就连三品文官偶尔也要打喷嚏。大家都打喷嚏。切尔维亚科夫一点也不慌，拿出小手绢来擦了擦脸，照有礼貌的人的样子往四下里瞧一眼，看看他的喷嚏搅扰别人没有。可是这一看不要紧，他心慌了。他看见坐在他前边，也就是正厅第一排的一个小老头正用手套使劲擦他的秃顶和脖子，嘴里嘟嘟哝哝。切尔维亚科夫认出小老头是在交通部任职的文职将军帝俄的文官，相当于三品或四品文官：布里兹扎洛夫。

“我把唾沫星子喷在他身上了！”切尔维亚科夫暗想。“他不是我的上司，是别处的长官，可是这仍然有点不合适。应当赔个罪才是。”

切尔维亚科夫就嗽一下喉咙，把身子向前探出去，凑着将军的耳根小声说：

“对不起，大人，我把唾沫星子溅在您身上了……我是出于无心……”

“没关系，没关系……”

“请您看在上帝面上原谅我。我本来……我不是有意这样！”

“哎，您好好坐着，劳驾！让我听戏！”

切尔维亚科夫心慌意乱，傻头傻脑地微笑，开始看舞台上。他在看戏，可是他再也感觉不到心旷神怡了。他开始惶惶不安，定不下心来。到休息时间，他走到布里兹扎洛夫跟前，在他身旁走了一忽儿，压下胆怯的心情，叽叽咕咕说：

“我把唾沫星子溅在您身上了，大人……请您原谅……我本来……不是要……”

“哎，够了……我已经忘了，您却说个没完！”将军说，不耐烦地撇了撇下嘴唇。

“他忘了，可是他眼睛里有一道凶光啊，”切尔维亚科夫暗想，怀疑地瞧着将军，“他连话都不想说。应当对他解释一下，说我完全是无意的……说这是自然的规律，要不然他就会认为我是有意啐他了。现在他不这么想，可是过后他会这么想的！”

切尔维亚科夫回到家里，就把他的失态告诉他的妻子。他觉得妻子对待所发生的这件事似乎过于轻率。她先是吓一跳，可是后来听明白布里兹托洛夫是“在别处工作”的，就放心了。

“不过你还是去一趟，赔个不是的好，”她说，“他会认为你在大庭广众之下举动不得体！”

“说的就是啊！我已经赔过不是了，可是不知怎么，他那样子有点古怪……他连一句合情合理的话也没说。不过那时候也没有工夫细谈。”

第二天，切尔维亚科夫穿上新制服，理了发，到布里兹扎洛夫那儿去解释……他走进将军的接待室，看见那儿有很多人请托各种事情，将军本人夹在他们当中，开始听取各种请求。将军问过几个请托事情的人以后，就抬起眼睛看着切尔维亚科夫。

“昨天，大人，要是您记得的话，在‘乐园’（帝俄时代夏季露天花园和剧院常用的名字）里，”庶务官开始报告说，“我打了个喷嚏，而且……无意中溅您一身唾沫星子……请您原……”

“简直是胡闹……上帝才知道是怎么回事！您有什么事要我效劳吗？”将军扭过脸去对下一个请托事情的人说。

“他话都不愿意说！”切尔维亚科夫暗想，脸色发白。“这是说，他生气了……不行，这种事不能就这样丢开了事……我要对他解释一下……”

等到将军同最后一个请托事情的人谈完话，举步往内室走去，切尔维亚科夫就走过去跟在他身后，叽叽咕咕说：

“大人！倘使我斗胆搅扰大人，那我可以说，纯粹是出于懊悔的心情！……这不是故意的，您要知道才好！”

将军做出一副要哭的脸相，摇了摇手。

“您简直是在开玩笑，先生！”他说着，走进内室去，关上身后的门。

“这怎么会是开玩笑呢？”切尔维亚科夫暗想。“根本连一点开玩笑的意思也没有啊！他是将军，可是竟然不懂！既是这样，我也不想再给这个摆架子的人赔罪了！去他的！我给他写封信就是，反正我不想来了！真的，我不想来了！”

切尔维亚科夫这样想着，走回家去。那封给将军的信，他却没有写成。他想了又想，怎么也想不出这封信该怎样写才对。他只好第二天亲自去解释。

“我昨天来打搅大人，”他等到将军抬起问询的眼睛瞧着他，就叽叽咕咕说，“并不是像您所说的那样为了开玩笑。我是来道歉的，因为我打喷嚏，溅了您一身唾沫星子……至于开玩笑，我想都没想过。我敢开玩笑吗？如果我居然开玩笑，那么结果我对大人物就……没一点敬意了……”

“滚出去！！”将军脸色发青，周身打抖，突然大叫一声。

“什么？”切尔维亚科夫低声问道，吓得愣住了。

“滚出去！！”将军顿着脚，又说一遍。

切尔维亚科夫肚子里似乎有个什么东西掉下去了。他什么也看不见，什么也听不见，退到门口，走出去，到了街上，慢腾腾地走着……他信步走到家里，没脱掉制服，往长沙发上一躺，就此……死了。

赏 析

汝龙一生翻译了近六百万字的《契诃夫文集》，占契诃夫全集的十分之九。几代中国人通过汝龙认识了契诃夫的智慧与诙谐。汝龙对契诃夫的钟爱和执著令人想起朱生豪，上个世纪四十年代，朱生豪甘愿忍受贫穷、病痛和饥饿埋头翻译莎士比亚早已被传为文坛佳话。就像朱生豪之与莎士比亚、傅雷之与巴尔扎克，汝龙的名字也与契诃夫紧紧相连。

汝龙翻译契诃夫，与巴金有着不解之缘。巴金曾劝说汝龙翻译契诃夫，对汝龙的译文，巴金也提出很多意见，比如说他译的契诃夫作品调子太快。对于契诃夫来说，有的作品确实不能那么如流水般畅然无阻。

契诃夫最吸引人的是短篇。他当然懂得短篇的奥妙在于不动声色的铺垫和最后的意外转折，但他又不止于此。如果只是那样，他就只是另一个欧·亨利。欧·亨利的小说会兜售一个温暖的结局，但契诃夫不会。

《万卡》中小男孩令人心碎的生活独述，让人不由自主生出同情，盼望着小万卡的得救，可契诃夫却安排了这样的结局：“他略为想一想，用钢笔蘸一下墨水，写下地址：寄交乡下祖父收。然后他搔一下头皮，再想一想，添了几个字：康斯坦丁·马卡雷奇。”这样的结局，悲凉么？但人生本来如此，无药可救。

契诃夫生于1860年，在家里活下来的六个子女中排行第三。他的祖父和父亲都曾是农奴。凭借自己的勤劳和智慧，契诃夫的祖父当上了自己所从属的地主家的糖厂经理，并陆续积累了一笔钱，在1841年为自己的全家赎了身。但契诃夫从小家境十分艰难，1880年，契诃夫开始以文学记者的身份为一些幽默刊物写些短小的作品，借以维持生活，他就这样开始了文学生涯，并最终成长为一代大师。

高尔基曾说：“俄罗斯的短篇小说是契诃夫同普希金、屠格涅夫一道创立的，他们都是‘不可企及’的。”契诃夫创造了一种风格独特、言简意赅、艺术精湛的抒情心理小说。他截取片段平凡的日常生活，凭借精巧的艺术细节对生活和人物作真实描绘和刻画，从中展示重要的社会内容。

汝龙晚年曾想写一篇关于契诃夫的论文，人们通常认为契诃夫太灰色，太悲观。但汝龙却认为契诃夫是积极的，他爱美好的、新生的东西，对前途充满希望。这篇论文还没写成，汝龙就去世了。

不能怪契诃夫太悲观绝望。身处帝制晚期的沙俄，当人们赖以生存的立足之地即将陷落，如何面对虚无的深渊？契诃夫的态度是不挽留，不建设，甚至不哀悼。正如舍斯托夫所言，在漫长的文学生涯中，契诃夫只做了一件事情，就是“不惜用任何方式去扼杀人类的希望”。他的小说人物，或卑微，或滑稽，或可怜，都无一例外地四处碰壁，走投无路，惶惶如丧家之犬。有以为自己冒犯了上司而恐慌至死的低级文官，有惧怕越界终日不安的套中人别里科夫，有惯于依赖却注定孤独的寡妇奥莲卡……他的创作直指最终极的问题——人的存在，任你再伟大的理想也经不起琐碎生活的残酷循环。契诃夫看到了这一点，他的小说人物在生活中癫狂地撞墙，也是契诃夫绝望的努力：是否能就此冲破深渊？契诃夫没有答案，我们，也没有。

安娜：一个美丽女人之死

《安娜·卡列尼娜》

列夫·托尔斯泰 著
周 扬 谢素台 译

节 选

幸福的家庭都是相似的，不幸的家庭各有各的不幸。

奥布隆斯基家里一切都混乱了。妻子发觉丈夫和他们家从前的法国女家庭教师有暧昧关系，她向丈夫声明她不能和他再在一个屋子里住下去了。这样的状态已经继续了三天，不仅他们夫妻两个，连全家和仆人都为此感到痛苦。家里的每个人都觉得他们住在一起没有意思，而且觉得就是在任何客店里萍水相逢的人也都比他们——奥布隆斯基全家和仆人更情投意合。妻子没有离开自己的房间一步，丈夫三天不在家了，小孩们像失了管教一样在家里到处乱跑。英国女家庭教师和女管家吵架，

2012 版《安娜·卡列尼娜》剧照，奈特莉饰

给朋友写了信，请替她找一个新的位置。厨师昨天恰好在晚餐时走掉了，厨娘和车夫辞了工。

在吵架后的第三天，斯捷潘·阿尔卡季奇·奥布隆斯基公爵——他在社交场合叫斯季瓦——在照例的时间，早晨八点钟醒来，不在他妻子的寝室，却在他书房里的鞣皮沙发上。他在富于弹性的沙发上把自己肥胖的、保养得很好的身体翻转，好像要再睡一大觉似的，他使劲抱住一个枕头，把脸紧紧地偎着它；但是他突然跳起来，坐在沙发上，睁开眼睛。

“哦，哦，怎么回事？”他想，重温着他的梦境。“怎么回事，对啦！阿拉宾在达姆施塔特请客；不，不是达姆施塔特，而是在美国什么地方。不错，达姆施塔特是在美国。不错，阿拉宾在玻璃桌上请客，在座的人都唱我的宝贝，但也不是我的宝贝，而是比那更好的；桌上还有些小酒瓶，那都是女人，”他回想着。

斯捷潘·阿尔卡季奇的眼睛快乐地闪耀着，他含着微笑沉思。“哦，真是有趣极了。有味的事情还多得很，可惜醒了说不出来，连意思都表达不出来。”他看到从一幅罗纱窗帷边上射入的一线日光，愉快地把脚沿着沙发边伸下去，用脚去搜索他的拖鞋，那双拖鞋是金色鞣皮的，上面有他妻子绣的花，是他去年生日时她送给他的礼物；照他九年来的习惯，每天他没有起来，就向寝室里常挂晨衣的地方伸出手去。他这才突然记起了他没有和为什么没有睡在妻子的房间而睡在自己的书房里。微笑从他的脸上消失，他皱起眉来。

“唉，唉，唉！”他叹息，回想着发生的一切事情。他和妻子吵架的每个细节，他那无法摆脱的处境以及最糟糕的，他自己的过错，又一齐涌上他的心头。

“是的，她不会饶恕我，她也不能饶恕我！而最糟的是这都是我的过错——都是我的过错；但也不能怪我。悲剧就在这里！”他沉思着。“唉，唉，唉！”他记起这场吵闹所给予他的极端痛苦的感觉，尽在绝望地自悲自叹。

最不愉快的是最初一瞬间，当他从剧场回来的时候，兴高采烈的，手里拿着一只预备给他妻子的大梨，在客厅里却没有找到他妻子，使他大为吃惊的是，在书房里也没有找到，最后终于发现她在寝室里，手里拿着那封泄漏了一切的倒霉的信。

赏　析

2012年10月，《安娜·卡列尼娜》被第13次搬上大银幕。这部列夫·托尔斯泰的代表作品，被各国电影人改编过，葛丽泰·嘉宝、费雯·丽、苏菲·玛索都曾扮演过安娜·卡列尼娜这一经典文学形象。

《安娜·卡列尼娜》最早译成中文是在1917年8月，由陈家麟、陈大镫据英译本翻译，译名《婀娜小史》，由上海中华书局出版。目前，较为流传的除了草婴版，还有谢素台与周扬合译的这个版本。经过屡次修订，这已成为译文中的一个经典。“幸福的家庭都是相似的，不幸的家庭各有各的不幸。”也成为脍炙人口的佳句。

托尔斯泰

有人说文学是人性的实验场，托翁所做的似乎正是这个实验。他描绘了两个极端（安娜与列文），以及在此间游走的各色人物。安娜·卡列尼娜是世界文学史上最优美丰满的女性形象之一。她以蓬勃的生命力和悲剧性命运而扣人心弦。译本最值得称道的是大量精美的心理描写，展现出人性在两极间挣扎的矛盾，原本单一的性格层面被细腻的文字极大地拓展了，表面的平静之下暗潮涌动，人物的丰富与复杂或多或少地被发掘出来。

《安娜·卡列尼娜》全书由两条主要的平行线索和一条次要的连接线索结构而成，通过“安娜——卡列宁——渥伦斯基”线索展示了封建主义家庭关系的瓦解和道德的沦丧；通过“列文——吉提”线索描绘出资本主义势力侵入农村后、地主经济面临危机的情景。作者以这种建筑学而自豪，圆拱将两座大厦联结得天衣无缝，“使人觉察不出什么地方是拱顶”。译文很好地再现了这种宏伟精密的结构。

关于安娜的争议始终存在。在男性话语霸权之下的女性的声音永远都是弱小的。社会制度建立在男性话语体系之下，女性的声音仅仅是作为一种陪衬，一旦有人试图打破这种既定的形态，必然将受到整个话语环境的惩罚。安娜迈出了关键的一步。她藐视虚伪、谎话、欺骗、罪恶，敢于发出作为一个独立女性追求爱情追求自我存在的声音。她是一个活生生的个体，一个没有在男性话语体系之下被湮没的女性的声音。只是她存在于他人为她建构的地狱之中，而最终的解脱就是死。她的死，在这里不是一种消极的反抗，恰恰是对话语权力和存在的抗争。

对普希金生命质感的传递

《回　忆》

普希金　著
穆　旦　译

译　文

当喧嚣的一日已经万籁无声，
而在城市的静谧的广场上
飘下了半透明的夜影和梦——
那劳碌的白日的报偿，
这时候，在孤寂中，我却慢慢消耗
异常苦闷的不寐的时刻：
长夜绵绵，那内心的毒蛇的啮咬

穆　旦

普希金

反而在胸中烧得更炽热；
幻想在沸腾；不断涌来了忧思万缕
拥聚在沉重的脑海间；
往事的回忆在我的眼前默默地
展开了它的漫长的画卷；
我审视过去的生活，不禁深深憎嫌，
我颤栗；我诅咒自己；
我沉痛地怨诉，我痛哭，泪如涌泉，
但却洗不掉悲哀的词句。

《给娜塔莎》

普希金 著
穆 旦 译

译 文

美丽的夏天谢了，谢了，
明媚的日子飞逝，无踪，
夜晚的阴霾的浓雾
悄悄铺展了沉睡的暗影；
啊，绿色的田野空旷了，
嬉笑的小河变为寒冷，
树林的枝桠苍老，发白，
天空也暗淡而且凄清。

哦，我的光明，我的娜塔莎！
你在哪儿？为什么看不见你？
可是你不要知心的朋友
和你分享孤独的情趣？
无论在湖水的清波上，

还是在馥郁的菩提树荫，
无论早晨，无论晚间，
我都看不到你的倩影。

很快的，很快的，冬寒来了，
树林和田野就要冰冻；
很快的，在烟雾的茅屋里，
炉火就要熊熊地烧红。
那时啊，我瞧不见意中人，
一如金雀守着小巢的家，
我将坐在屋里，郁郁的，
不断地想念着娜塔莎。

赏　析

俄罗斯大诗人普希金一生创作了14部长诗，查良铮翻译了其中的九部。

杰出的诗人，其作品往往具有明显的艺术风格。普希金的风格，别林斯基说是“深厚的坚韧，明亮的忧伤”。至于说到每部作品，往往又有细微差别。历史题材的长诗，语言庄严凝重，书卷气较浓；社会现实生活的题材，多用日常口语，语调清新活泼，洋溢着生活气息；有些作品主旨在于讽刺，比如《加百利颂》嘲讽宗教虚伪，语言犀利尖刻；《努林伯爵》讥笑贵族伪善，用语俏皮幽默；《科隆那的小房子》表现小市民的狡黠，诗行中洋溢着欢乐戏谑的情调。可贵的是，原作风格上的细微差别，在查良铮的笔下，都得到了艺术的再现。

我爱你，彼得兴建的大城，
我爱你严肃整齐的面容，
涅瓦河的水流多么庄严，
大理石铺在它的两岸……

王小波对查译《青铜骑士》的这几行诗赞赏有加。他在《我的师承》一文中写道，上中学的时候，哥哥就给他朗读查良铮的译诗，并告诉他说，这是雍容华贵的英雄体诗，是最好的文字。有意思的是，王小波还引用了另一位译者的译文，与查译加以比较：

我爱你彼得的营造，
我爱你庄严的外貌

王小波幽默地说：“现在我明白，后一位先生准是东北人，他的译诗带有二人转的调子，和查先生的译诗相比，高下立判。那一年我十五岁，就懂得了什么样的文字才能叫做好。”

王小波的评价中肯而有见地，普希金的《青铜骑士》，原诗采用四音步抑扬格，每行八个或九个音节，节奏平稳而从容。查良铮的译诗采用每行十个字或九个字，节奏分为四顿，所以显得诗句庄重，“雍容华贵”。而被王小波戏称东北人译、带有二人转调子的诗句，每行八字三顿，节奏紧迫急促，像中国的顺口溜和民间唱词，背离了原诗的恢宏气度，因而显得滑稽。查良铮翻译普希金叙事诗，还非常注意锤炼词句，特别是那些涉及文化历史的词语，总是反复斟酌，下笔谨慎，力求传达文字的深层内涵，从不满足于词典给出的解释。

查良铮，出身浙江海宁名门，笔名穆旦，与金庸先生属平辈。早在20世纪40年代在西南联大念书时，他就已是一个有名望的青年诗人了。曾有人认为，中国最好的诗人，一个是穆旦，另一个则是海子。1958年以后，由于非文学的原因，查良铮已无法发表诗歌创作，只能通过翻译来为中国诗歌做出自己可能做出的贡献。

回溯中国新诗史，纵然许多诗人都曾从事过翻译或是作为诗人翻译家而存在，但查良铮的这种情况与他们并不相同：卞之琳最初是从译诗开始，然后“写新诗寄感”，戴望舒成名后也是如此，在创作和翻译上同时推进，而穆旦却是在30多岁正当盛年的阶段转向翻译的，作为一个职业翻译家开始了他的另一种生涯。一个在生命盛年放下了创作的天才性诗人，就这样把他的身世之感，把他的全部心血，还有他那优异的诗歌禀赋，都转移在这样的翻译上。他那沉郁的富有激情和生命质感的译文，不仅真切地传达了海在“黄昏时分的轰响”，他还和那被流放的普希金一样，“把你的山岩，你的海湾，/你的光与影，你的浪花的喋喋/带到遥远的森林，带到寂静的荒原”——带到他相依为命的汉语中去。

9

日　语

《黄昏清兵卫》的人间烟火

《黄昏清兵卫》

藤泽周平　著
李长声　译

节　选

已经是晚上十一点多了，在藩城北濠边上的小海坊，家老杉山宅邸的后屋里还亮着灯。有两位来客：总领寺内权兵卫和郡乡总管大冢七十郎。宅邸的主人杉山赖母紧抱双臂，不知叹息了多少次，终于放下手臂，啪地拍一下膝头。"唉，总之等半泽再来消息吧。""若知道没搞错，打算怎么处理呢?"寺内问。杉山看着他那肉乎乎的红脸膛儿和圆眼睛。"那时候就不能置之不理了。"杉山给自己打气似的，这回用拳头猛击了一下膝头。"乃至决战，把堀将监搞掉。"

电影《黄昏清兵卫》剧照

藩里现在有一个积重难返的问题，那就是位居宰辅的首席家老堀将监专横跋扈。不过，他如此专横，杉山等其他执政也不无责任。七年前，气候异常，藩里遭遇了前所未有的灾荒。藩府慌忙掏空了藩库，设法从京都一带购买稻米和杂粮，并禁止把粮食带出藩，鼓励米饭掺杂粮，采取了各种防止饥荒的措施。不待藩府指示，藩民争相到山野里挖葛根、蕨根。连萝卜、芜菁、白芋、红薯的叶子也弄干了食用。甚至把款冬叶、虎杖、蓟叶水煮或者去掉苦涩的部分，都用来掺米饭。

不出所料，藩域之内从秋到整个冬天遭受饥馑，藩民度过饥寒交迫的严冬，到了三月，从京都一带张罗的稻米杂粮终于运来了，藩府便实施强行配给制度，按家臣、市人、村民的顺序出售大豆、麦子。对于手里没有买米钱的藩民实施贷款，而连借贷也没有能力的赤贫，由坊官、村吏开列名单，每人每日发给一合五勺救济米。

总算没饿死人，度过了饥荒，但此后财政告罄，当时的执政们一筹莫展。分派下去的地租连三分之一也收不上来，又全都放贷。贷款也罢，用于赈灾的藩金也罢，都无法在限期内收回来。

之所以无法限定，是因为两年接踵而来的打击使农村普遍凋敝不堪。各村纷纷出现了开春没有种子往田里撒的农户。不要说借钱买种子，甚至都有人受不了连续两年借债的重压，放弃了田地，到镇上做工去了。

令藩府担心的荒地开始出现了。藩府有规定，荒地不许转卖他人，应由村里共同耕种，这个规定变成各村的重负。谁都是自己的事情还忙不过来呢。各村东一块西一块剩下春天还种不上的田地。债台高筑的乡村气息奄奄。

赏　析

很多人知道《黄昏清兵卫》，是因为那部同名电影，宫泽理惠扮演女主人公。它的中译本2010年才进入人们视野，译者李长声，旅日作家。

日本的武士小说不同于中国的武侠小说。明治时代的中后期，武士阶层的地位早已一落千丈。书里武士们的生活，大抵接近于今日的上班族——白日为藩里做些纷繁琐碎的小事，下了班弄些编虫笼的副业。这些身怀绝技的武士，看似也很满意这样的生活。《黄昏清兵卫》收录了8个短篇，主人公都是武士时代的上班族。藤泽周平擅长透过出身卑微的武士，将小人物的喜怒哀乐刻画得淋漓尽致，人、情、景清淡细腻却纠结人心，即使发生在数百年前的武士世界，依旧引人共鸣。

藤泽周平（1927—1997），出生于鹤冈市的农民家庭，毕业于山形师范学校。当了几年教师，婚后不久，妻子病故。为排遣心中的悲哀，他开始写小说，用历史小说的形式写自己的生活经历和感受。1973年他以《暗杀的年轮》一书获直木奖。主要作品包括《蝉时雨》、《隐剑孤影抄》、《隐剑秋风抄》、《白瓶·小说·长冢节》、《藤泽周平全集》。

藤泽周平是日文老师出身，他的篇章都轻缓平淡，没有大的戏剧性，结尾也不甚意外。小说的整体气质是端庄而温泽，经得起把玩。笔法绵密扎实，人物塑造和情节并进。李长声说，他翻译藤泽周平完全是出于“喜欢”。“如果你喜欢一位作家的作品，就一定能读出他文字中的好。曾有出版商约我翻译司马辽太郎的小说，我也答应了，可是译了半年也没译出多少，我不喜欢他的小说，译起来就很困难。藤泽周平就不同了，哪个出版商要是能继续出他的作品，我愿意翻译他所有的短篇小说。”

《黄昏清兵卫》里的8篇小说有个共同点，主人公都基本上是碌碌无为的小人物，比如整天伺候病老婆的井口清兵卫、模样丑陋得如同霜后丝瓜似的右卫门、喜欢拍马屁的川波甚内……个个貌不惊人，平淡无奇。但是在关键时刻，在出手的一刹那，他们才展示出独有的英雄本色。但是，他们中的大多数也并不是为了争强斗胜，江湖侠义，而是迫于生活压力，比如要为妻子治病，比如儿媳妇被人欺负了，或者跟某个寡妇过从甚密被抓住了把柄、被逼做一个秘密暗杀。这种底层武士的心情非常类似于惶闷的上班族，充满人间烟火。书中有很多无奈，但又并非悲情小说，而是充满谐趣和温情。

李长声1949年生于长春，曾任《日本文学》杂志副主编。1988年东渡日本，一度专攻日本出版文化史。与欧美文学相比，人们通常觉得日本文学比较易懂，易译。李长声觉得，这只是错觉。日本中大量使用汉字，这反而是最大的障碍。在不同语境下，这个字的含义有微妙不同，硬译过来显得很可笑。比如俳句，每行 17 个音，有时只相当于汉语的 3 ~5 个字。它的含蓄之美，只有结合文化背景、生活背景才能形成暗示，不了解这些，你就无法体会其中情趣。所以周作人不译俳句，说它根本无法译。

《挪威的森林》：对青春的祭奠之作

《挪威的森林》

村上春树　著
林少华　译

节　选

即使在经历过十八载沧桑的今天，我仍可真切地记起那片草地的风景。连日温馨的霏霏轻雨，将夏日的尘埃冲洗无余。片片山坡叠青泻翠，抽穗的芒草在10月金风的吹拂下蜿蜒起伏，逶迤的薄云仿佛冻僵似的紧贴着湛蓝的天壁。凝眸远望，直觉双目隐隐作痛。清风拂过草地，微微卷起她满头秀发，旋即向杂木林吹去。树梢上的叶片簌簌低语，狗的吠声由远而近，若有若无，细微得如同从另一世界的入口处传来似的。此外便万籁俱寂了。耳畔不闻任何声响，身边没有任何人擦过。只见两只火团样的小鸟，受惊似的从草木丛中蓦然腾起，朝杂木林方向飞去。直子一边移动步履，一边向我讲述水井的故事。

村上春树

记忆这东西真有些不可思议。实际身临其境的时候，几乎未曾意识到那片风景，未曾觉得它有什么撩人情怀之处，更没想到十八年后仍历历在目。那时心里想的，只是我自己，致使我身旁相伴而行的一个漂亮姑娘，只是我与她的关系，而后又转回我自己。在那个年龄，无论目睹什么感受什么还是思考什么，终归像回飞棒一样转回到自己身上。更何况我正怀着恋情，而那恋情又把我带到一处纷纭而微妙的境地，根本不容我有欣赏周围风景的闲情逸致。

然而，此时此刻我脑海中首先浮现出来的，却仍是那片草地的风光：草的芬芳、风的清爽、山的曲线、犬的吠声……接踵闯入脑海，而且那般清晰，清晰的只消一伸手便可触及。但那风景中却空无人影。谁都没有。直子没有。我也没有。我们到底消失在什么地方了呢？为什么会发生这样的事情呢？看上去那般可贵的东西，她和当时的我以及我的世界，都遁往何处去了呢？哦，对了，就连直子的脸，遽然间也无从想起。我所把握的，不过是空不见人的背景而已。

赏　析

尽管关于林少华的译本有许许多多的争议，不过不可否认的是，无数读者正是通过他，了解了村上春树。村上春树被翻译到中国的作品非常多，近期的有《1Q84》，而中国读者非常熟悉的作品则包括《寻羊历险记》、《挪威的森林》、《世界尽头与冷酷仙境》等等。

《挪威的森林》剧照

这里介绍的，是这篇《挪威的森林》。《挪威的森林》由11章和一篇后记构成，小说以“我”的独白和回忆，讲述20岁的“我”与直子、绿子两位姑娘纯真而忧伤的爱情故事。作者为主人公设定了一个个具有象征意义的名字，并大量运用了象征手法和印象式描述，以二十世纪六十年代的事件、生活、个人感受为背景，通过一系列象征性符号串联起现在青年一幕幕苦涩的爱情美梦。从“我”拥有恋人和爱情，到最终失去他们，小说借此寓意了现代人理想、信念的破灭，表现了工业社会中人们的内心孤独和相互间的不可交流。

2011年，《挪威的森林》被搬上大银幕，很多读者都表示了失望之情。其实，对于作品本身而言，《挪威的森林》非常具有画面感。例如这句："即使在经历过十八载沧桑的今天，我仍可真切地记起那片草地的风景。连日温馨的霏霏轻雨，将夏日的尘埃冲洗无余。片片山坡叠青泻翠，抽穗的芒草在10月金风的吹拂下蜿蜒起伏，逶迤的薄云仿佛冻僵似的紧贴着湛蓝的天壁。"这仿佛就是电影里的一个长镜头，优美深远。

对于"直子"面容的描写，同样以富有镜头感的语言展开——"那流线型泻下的手感爽适的秀发，那圆圆的软软的耳垂及其紧靠底端的小小黑痣"，闭上眼睛，这么一个姑娘似乎就会在眼前浮现，她是如此美好、伤感。她是渡边的青春岁月里最重要的一部分。当然，除了直子，仍有一个生动活泼的绿子为他的生活涂上一抹鲜明的色彩。渡边和绿子在天台上喝酒唱歌，带着年轻特有的一份悠闲神气观望远处，绿子弹着吉他唱自己写的歌，歌词不知所云又生动鲜活。渡边去医院探望绿子的父亲，嚼着生黄瓜，声声脆响中散发着质朴、新鲜的生命力的清香。对于村上春树而言，爱穿短裙、思维跳跃的绿子是他与现实环境相联系的媒介，正如当初木月和直子试图通过他进入外部世界一样，然而渡边却跨过了那道鸿沟。他站在人潮汹涌的大街上，在"哪里也不是的处所"连连呼唤着绿子。

《挪威的森林》讲述的是青春，它是村上春树对上世纪六十年代青春生活的伤情悼时之作。关于青春的记忆，每个人的感受都是不同的。然而那些岁月里的感伤、沉醉却是如此相似。

译者林少华，1952年生于吉林。除了村上春树文集外，他还翻译了夏目漱石、芥川龙之介、川端康成、井上靖、东山魁夷等名家的作品。读者在他所译的村上春树小说译序末尾，总能看到"某年某月某日于窥海斋"——林少华把书房叫做"窥海斋"，一是因为它位于青岛崂山余脉的缓坡上，窗外不远就是浩瀚的黄海；二是寓有"学海无涯，个人唯窥其一角"之意。村上春树也很喜欢写到海，作者和译者，或许同样在清冷的海风中，破译出相似的灵魂密码？

古雅的哀伤，缓慢的回味

《源氏物语》

紫式部　著
丰子恺　译

节　选

这一年夏天，小皇子的母亲桐壶更衣觉得身体不好，想乞假回娘家休养，可是皇上总不准许。这位更衣近几年来常常生病，皇上已经见惯，他说："不妨暂且住在这里养养，看情形再说吧。"但在这期间，更衣的病日重一日，只过得五六天，身体已经衰弱得厉害了。更衣的母亲太君啼啼哭哭向皇上乞假，这才准许她出宫。即使在这等时候，也得提防发生意外、吃惊受辱。因此决计让小皇子留在宫中，更衣独自悄悄退出。形势所迫，皇上也不便一味挽留，只因身份关系，不能亲送出宫，心中便有难言之痛。更衣本来是个花容月貌的美人儿，但这时候已经芳容消减，心中百感交集，却无力申述，看看只剩得奄奄一息了。皇上睹此情状，茫然失措，一面啼哭，一面历叙前情，重申盟誓。可是更衣已经不能答话，两眼失神，四肢瘫痪，只是昏昏沉沉地躺着。皇上狼狈之极，束手无策，只得匆匆出室，命左右准备辇车，但终觉舍不得她，再走进更衣室中来，又不准许她出宫了。他对更衣说："我和你立下盟誓：大限到时，也得双双同行。

丰子恺

想来你不会舍我而去吧!”那女的也深感隆情，断断续续地吟道：“面临大限悲长别，留恋残生叹命穷。早知今日……”说到这里已经气息奄奄，想继续说下去，只觉困疲不堪，痛苦难当了。皇上意欲将她留住在此，守视病状。可是左右奏道：“那边祈祷今日开始，高僧都已请到，定于今晚启忏……”他们催促皇上动身。皇上无可奈何，只得准许更衣出宫回娘家去。

桐壶更衣出宫之后，皇上满怀悲恸，不能就睡，但觉长夜如年，忧心如捣。派往问病的使者迟迟不返，皇上不断地唉声叹气。使者到达外家，只听见里面号啕大哭，家人哭诉道：“夜半过后就去世了!”使者垂头丧气而归，据实奏闻。皇上一闻此言，心如刀割，神智恍惚，只是笼闭一室，枯坐凝思。

小皇子已遭母丧，皇上颇思留他在身边。可是丧服中的皇子留侍御前，古无前例，只得准许他出居外家。小皇子年幼无知，看见众宫女啼啼哭哭、父皇流泪不绝，童心中只觉得奇怪。寻常父母子女别离，已是悲哀之事，何况死别又加生离呢!

赏　析

《源氏物语》最流行的中译本，有丰子恺版和林文月版。其中，以丰子恺译本的《源氏物语》，为不少人所推崇。日本著名作家中村真一郎曾搜集过英、法、美、德、法各国的日本古典名著《源氏物语》的翻译本，并分别与原文对照分析其各自的特点。收到了丰子恺译的《源氏物语》三卷本后，他在1987年日本《群像》第三期上发表了《中译源氏物语及其他》一文，对译书予以很高评价。特别是对该书中日本和歌的译法，他认为用中国古诗的五言绝句和七言二句进行翻译，使之更加生动多采，读起来仿佛进入了中国古典诗歌的境界，这是非常难能可贵的。

丰子恺在译后记中写道：“此书内容，充分揭露了日本平安朝（9～12世纪）初期封建统治阶级争权夺利、荒淫无度之相，反映了王朝贵族社会的矛盾及其日趋衰败之势。当时皇家藤原氏一族势力强盛，仕宦不重实力，专靠出身及裙带关系。只要有一姐妹或女儿入宫或嫁与贵人，其人便可升官发财，即所谓一人得道，鸡犬升天也。因此当时一切活动，皆以女性为中心。凡女子必习和歌，通汉学，擅琴筝，方可侍奉贵人。贵族之家若生女天资不高，则雇用许多富有才艺之侍女以辅助之。紫式部之时代，此风盛行达于极点。此作者久居宫廷，耳闻目睹此种情状，故能委曲描写，成此巨著。但作者本人亦贵族出身，故其文虽能如实揭露，有时也不免表示赞善与同情。然其内容充实，技巧娴熟，文字古雅，故日本人尊此书为古典文学之泰斗也。”

周作人曾评丰子恺版《源氏物语》为“茶店说书”，在丰子恺的翻译之下，源氏物语是古雅、是哀伤、是缓慢、是细腻、是回味。例如第四十一回的题目《云隐》，暗示源氏之死，学界普遍相信的是，“书中已描述了许多人的死，其中主要人物紫夫人之死，描写得尤为沉痛。倘再续写主人公源氏之死，这位青年女作者不堪其悲”。回顾其他人之死，如柏木，其死前种种境况描写得尤为充分，辞世之事本身则是一笔带过，足见这是作者一贯笔法，第四十一回不见本文的处理，不过是这种叙事方法的夸张表现。因为在紫夫人死后，写源氏一年四季的悲哀，已经预示着他将同赴黄泉，笔墨已经足够浓重；如果再写源氏之死，以及他人的哭哭啼啼，则显得拖泥带水。再翻到第 42 页，已经到了年轻一辈的时代，隔世之感跃然纸上，令人不胜叹息。所以这种手法极有可能是作者故意为之，而非“不堪其悲”。

有人认为丰子恺的翻译太“文言”，其实，紫式部生活在公元 1000 年左右，《源氏物语》正是我国北宋年间的作品，用古雅的文字翻译，是非常妥帖的。书中的古歌虽然远不及《红楼梦》中的富有美感，但诸如“陋室如同金玉屋，人生到处即为家”、“相思到死有何益，生前欢会胜黄金”，依旧富有朴素的韵味。

《雪国》的虚无与寂静

《雪国》

川端康成　著

叶渭渠　唐月梅　译

节　选

川端康成

在遥远的山巅上空，还淡淡地残留着晚霞的余晖。透过车窗玻璃看见的景物轮廓，退到远方，却没有消逝，但已经黯然失色了。尽管火车继续往前奔驰，在他看来，山野那平凡的姿态越是显得平凡了。由于什么东西都不十分惹他注目，他内心反而好像隐隐地存在着一股巨大的感情激流。这自然是由于镜中浮现出姑娘的脸的缘故。只有身影映在窗玻璃上的部分，遮住了窗外的暮景，然而，景色却在姑娘的轮廓周围不断地移动，使人觉得姑娘的脸也像是透明的。是不是真的透明呢？这是一种错觉。因为从姑娘面影后面不停地掠过的暮景，仿佛是从她脸的前面流过。定睛一看，却又扑朔迷离。车厢里也不太明亮。窗玻璃上的映像不像真的镜子那样清晰了。反光没有了。这使岛村看入了神，他渐渐地忘却了镜子的存在，只觉得姑娘好像漂浮在流逝的暮景之中。

这当儿，姑娘的脸上闪现着灯光。镜中映像并未清晰到减弱窗外灯光的程度，灯光也没有把映像抹去。灯光就这样从她的脸上闪过，但并没有把她的脸照亮。这是一束从远方投来的寒光，模模糊糊地照亮了她眼睛的周围。她的眼睛同灯光重叠的那一瞬间，就像在夕阳的余晖里飞舞的妖艳而美丽的夜光虫。

叶子自然没留意别人这样观察她。她的心全用在病人身上，就是把脸转向岛村那边，她也不会看见自己映在窗玻璃上的身影，更不会去注意那个眺望着窗外的男人。

岛村长时间地偷看叶子，却没有想到这样做会对她有什么不礼貌，他大概是被镜中暮景那种虚幻的力量吸引住了。也许岛村在看到她呼唤站长时表现出有点过分严肃，从那时候起就对她产生了一种不寻常的兴趣。

火车通过信号所时，窗外已经黑沉沉的了。在窗玻璃上流动的景色一消失，镜子也就完全失去了吸引力，尽管叶子那张美丽的脸依然映在窗上，而且表情还是那么温柔，但岛村在她身上却发现她对别人似乎特别冷漠，他也就不想去揩拭那面变得模糊不清的镜子了。

约莫过了半小时，没想到叶子他们也和岛村在同一个车站下了车，这使他觉得好像还会发生什么同自己有关的事似的，所以他把头转了过去。从站台上迎面扑来一阵寒气，他立即对自己在火车上那种非礼行为感到羞愧，就头也不回地从火车头前面走了过去。

赏　析

“穿过县境上长长的隧道，便是雪国。夜空下，大地一片莹白，火车在信号所前停下来”。简洁的文字拉开了《雪国》的序幕。川端康成在《我在美丽的日本》中提到，日本雪乡越后就是雪国所在地，古禅僧良宽曾生活在此。在《雪国》中，处处可以体会出川端康成试图表达的虚无寂静。

《雪国》是川端康成第一部中篇小说，也是作者在被授予诺贝尔文学奖时被提到的三部小说之一，另外两部是《古都》和《千只鹤》。上世纪七十年代末，在重重争议中，叶渭渠、唐月梅夫妇合译的《雪国》和《古都》，由山东出版社首次出版。当时，川端康成尚属“思想禁区”中的重点人物。有人甚至写文章批判川端康成是一位颓废作家，称其作品《雪国》的女主人公驹子是“五等妓女出卖肉身”，一时间出版界视之为“祸水”。《雪国》、《古都》译稿在出版社积压多日，因有人对《雪国》的诬陷之词而决定单独出版《古都》。可是叶、唐夫妇态度坚决，要么一同出版，要么将两部小说译稿一同收回。出版方为避免事后承担责任，便将出版小说集的决定权交由上级审定。好事多磨，最终小说集译稿不仅成功出版发行，并且第一版就印了12万册之多。

川端康成本人曾说：“从感情上说，驹子（艺妓）的哀伤，就是我的哀伤。”《雪国》的背景设置在远离东京的雪国及其温泉旅馆，并以那里的歌舞伎驹子和游客岛村的邂逅为题材，从男女间的恋情出发来表现悲哀思想，这是日本古典文学传统。《雪国》中驹子真心爱上岛村，不能自持，岛村清楚地知道驹子迷恋上他，但他认为驹子的爱情追求甚至她的生存本身就是徒劳的，可悲的。他倾心叶子，叶子可望而不可即。可是，在这些人物中，看不到所谓的悲愤、抗争。他们依然表现的自然、纯净、美，本书整体呈现的是一种哀而不伤的气氛。

在遥远的雪国温泉，驹子虚幻的美丽的爱情仿佛就呈现在我们面前。美丽的驹子，一个爱读小说的、写了数十本日记的少女、一个对着空旷的山谷寂寞地练习三弦琴的艺妓，她的被漂白的肌肤仿佛伸手可及，可及的还包括她每一次醉酒后的远望的疯狂，以及她对人生无比静默的顺从。当她的情人岛村说她记日记“完全是一种徒劳”，她“满不在乎地朗声回答：是啊！”小说写到这里，“雪夜的宁静沁人肺腑”。她对于爱情的渴求，则更是虚空。当叶子要岛村好好待驹子时，岛村说：“我能怎么办呢？徒劳而已。”

《雪国》起笔于1935年，其时日本军国主义正在进行疯狂的侵略战争。然而川端康成没有正面反映这场战争，而是通过虚实相生的艺术形象巧妙地表达了自己的看法。日本评论家岛崎秀树说：“川端康成对军国主义是消极抵抗，《雪国》便是例子。”事实上，如果抽离掉小说的背景，这样的情节放在任意一个时代都可以成立。在这里，推进小说情节发展的，不是人物与环境之间产生的张力，而是人物本身之间那种微妙和细致的关系，随着川端康成细致的描写，让情感和情节一点点地释放。川端康成力图还客观外物以本来面目，让作为主体的人类，在静思中一步步去体味隐于雪境深层的虚无的质感。

曹禺曾赞美叶渭渠夫妇翻译的《雪国》：“昨日始读川端康成的《雪国》，虽未尽毕，然已不能释手。日人小说，确有其风格，而其细致、精确、优美、真切，在我读的这几篇中十分显明……”

10

其　他

《先知》：东方赠给西方最好的礼物

《先知》之“船的到来”

纪伯伦　著
冰　心　译

节　选

当代的曙光，被选而被爱戴的亚墨斯达法，在阿法利斯城中等候了十二年，等他的船到来，好载他归回他生长的岛上去。

在第十二年绮露收获之月的第七天，他出城登上山顶，向海凝望；他看见了他的船在烟雾中驶来。

冰　心

纪伯伦

他的心门砉然地开了，他的喜乐在海面飞翔。他合上眼，在灵魂的严静中祷告。

但当他上山的时候，忽然一阵悲哀袭来。他心里想：

我怎能这般宁静地走去而没有些悲哀？不，我要精神上不受创伤地离此城郭。

在这城围里，我度过了悠久的痛苦的日月和孤寂的深夜；谁能撇下这痛苦与孤寂没有一些悼惜？

在这街市上我曾撒下过多的零碎的精神，在这山中也有过多的赤裸着行走的我所爱怜的孩子，离开他们，我不能不觉得负担与痛心。

这不是今日我脱弃了一件衣裳，乃是我用自己的手撕下了自己的一块皮肤。

也不是我遗弃了一种思想，乃是遗弃了一个用饥和渴做成的甜蜜的心。

然而我不能再迟留了。

那召唤万物来归的大海，也在召唤我，我必须登舟了。

因为，若是停留下来，我的归思，在夜间虽仍灼热奋发，渐渐地却要冰冷变石了。

我若能把这里的一切都带了去，何等的快乐呵，但是我又怎能呢？

声音不能把付给他翅翼的舌头和嘴唇带走。他自己必须寻求“以太”。

鹰鸟也必须撇下窝巢，独自地飞过太阳。

现在他走到山脚，又转面向海，他看见他的船徐徐地驶入湾口，那些在船头的舟子，正是他的故乡人。

于是他的精魂向着他们呼唤，说：

弄潮者，我的老母的孩儿，

有多少次你们在我的梦中浮泛。现在你们在我的更深的梦中，也就是我苏醒的时候驶来了。

我已准备好要去了，我的热望和帆篷一同扯满，等着风来。

我只要在这静止的空气中再呼吸一口气，我只要再向后抛掷热爱的一瞥，

那时我要站在你们中间，一个航海者群中的航海者。

还有你，这无边的大海，无眠的慈母，只有你是江河和溪水的宁静与自由。

这溪流还有一次转折，一次林中的潺缓，

然后我要到你这里来，无量的涓滴归向这无量的海洋。

赏 析

纪伯伦的作品既有理性思考的严肃与冷峻，又有咏叹调式的浪漫与抒情。他善于在平易中发掘隽永，在比喻中启示深刻的哲理。他清丽流畅的语言征服了一代代世界读者。他擅文学、懂绘画，被称为“艺术天才”、“黎巴嫩文坛骄子”，是阿拉伯现代小说、艺术和散文的主要奠基人。

《先知》是纪伯伦的代表作，它以一位智者临别赠言的方式，论述爱与美、生与死、婚姻与家庭、劳作与安乐、法律与自由、理智与热情、善恶与宗教等一系列人生和社会问题，充满比喻和哲理的东方色彩。为这本书，纪伯伦还并自绘了浪漫情调和深刻寓意的插图。

1927 年冬，冰心从美国友人那里初次读到《先知》，就被这本书“满含着东方气息的超妙的哲理和流利的文词”所吸引。她很快就组织“习作”班的同学翻译起来，可惜那些译稿没有收集起来。1930 年春，她重读此书，觉得此书“实在有翻译价值”，因此她独自开始翻译，寄给天津《益世报》的文学副刊，4 月 18 日开始逐日连载，直到该报副刊停刊为止。

1931 年，冰心继续翻译《先知》，其年 9 月，新月书店分甲种和乙种出版了《先知》的中译本，同时附有纪伯伦为此书所绘的 12 幅插图。

1962 年，冰心又开始翻译纪伯伦的另一部诗集《沙与沫》，1982 年 7 月原湖南人民出版社出版了冰心译出的《先知》、《沙与沫》合集，这是在我国问世的第一部纪伯伦作品合集。1995 年，冰心因此获黎巴嫩国家级雪松骑士奖。

纪伯伦认为要唱出“母亲心里的歌”，作品多以“爱”和“美”为主题，通过大胆的想象和象征的手法，表达深沉的感情和远大的理想。他的思想受尼采哲学影响较大。作品常常流露出愤世嫉俗的态度或表现某种神秘的力量。冰心的翻译的光亮之处在于，以意象为翻译单位，而不是句子；纪伯伦的多文化特征造成了隐喻翻译的困难，冰心在翻译实践中往往采取消解和字面维持的策略，语言运用自由而敏捷。

文学和绘画为纪伯伦的艺术生命插上了双翼，让他在短暂的人生里得以飞遍世界的每一个角落，拥有无数亲密知音。《先知》的文字不仅是洗涤东方的圣水，也成了“东方赠给西方的最好礼物”。来读这段文字，“我已准备好要去了，我的热望和帆篷一同扯满，等着风来。我只要在这静止的空气中再呼吸一口气，我只要再向后抛掷热爱的一瞥，那时我要站在你们中间，一个航海者群中的航海者。”优美的笔触造就的不是单纯的线条，而是历经千锤百炼的珍宝。人们会醉心于他的文字之美，也动容于他对生命和爱的彻悟。

生命因何丰盛而完整

《海的女儿》

安徒生　著

叶君健　译

节　选

在海的远处，水是那么蓝，像最美丽的矢车菊花瓣，同时又是那么清，像最明亮的玻璃。然而它是很深很深，深得任何锚链都达不到底。要想从海底一直达到水面，必须有许多许多教堂尖塔一个接着一个地联起来才成。海底的人就住在这下面。

叶君健

不过人们千万不要以为那儿只是一片铺满了白砂的海底。不是的，那儿生长着最奇异的树木和植物。它们的枝干和叶子是那么柔软，只要水轻微地流动一下，它们就摇动起来，好像它们是活着的东西。所有的大小鱼儿在这些枝子中间游来游去，像是天空的飞鸟。海里最深的地方是海王宫殿所在的处所。它的墙是用珊瑚砌成的，它那些尖顶的高窗子是用最亮的琥珀做成的；不过屋顶上却铺着黑色的蚌壳，它们随着水的流动可以自动地开合。这是怪好看的，因为每一颗蚌壳里面含有亮晶晶的珍珠。随便哪一颗珍珠都可以成为皇后帽子上最主要的装饰品。

住在那底下的海王已经做了好多年的鳏夫，但是他有老母亲为他管理家务。她是一个聪明的女人，可是对于自己高贵的出身总是感到不可一世，因此她的尾巴上老戴着一打的牡蛎——其余的显贵只能每人戴上半打。除此以外，她是值得大大的称赞的，特别是因为她非常爱那些小小的海公主——她的一些孙女。她们是六个美丽的孩子，而她们之中，那个顶小的要算是最美丽的了。她的皮肤又光又嫩，像玫瑰的花瓣，她的眼睛是蔚蓝色的，像最深的湖水。不过，跟其他的公主一样，她没有腿：她身体的下部是一条鱼尾。

她们可以把整个漫长的日子花费在皇宫里，在墙上生有鲜花的大厅里。那些琥珀镶的大窗子是开着的，鱼儿向着她们游来，正如我们打开窗子的时候，燕子会飞进来一样。不过鱼儿一直游向这些小小的公主，在她们的手里找东西吃，让她们来抚摸自己。

宫殿外面有一个很大的花园，里边生长着许多火红和深蓝色的树木；树上的果子亮得像黄金，花朵开得像焚烧着的火，花枝和叶子在不停地摇动。地上全是最细的砂子，但是蓝得像硫黄发出的光焰。在那儿，处处都闪着一种奇异的、蓝色的光彩。你很容易以为你是高高地在空中而不是在海底，你的头上和脚下全是一片蓝天。当海是非常沉静的时候，你可瞥见太阳：它像一朵紫色的花，从它的花萼里射出各种色彩的光。

赏　析

安徒生在最后的自传中说：“我整个一生中，无论是光明的日子，还是黑暗的日子，其结果都是美好的。我觉得我是个走运的孩子，几乎人人都对我充满了爱并且以赤诚相待，使我很少丧失对人性的信心。”这段话会让人们错觉，安徒生的人生就像一场丰盛的童话，事实却是，安徒生的一生充满了颠沛流离和困顿。

安徒生共留下168篇童话。他的创作可分早、中、晚三个时期。早期童话多充满绮丽的幻想、乐观的精神，代表作有《小意达的花儿》、《拇指姑娘》、《海的女儿》、《野天鹅》、《丑小鸭》等。中期童话，幻想成分减弱，现实成分相对增强，代表作有《卖火柴的小女孩》、《白雪皇后》、《影子》、《一滴水》、《母亲的故事》、《演木偶戏的人》和《皇帝的新装》等。晚期作品基调低沉，代表作有《柳树下的梦》、《她是一个废物》、《单身汉的睡帽》、《幸运的贝儿》等。

1919年，周作人就曾在《新青年》杂志上译载过著名的《卖火柴的小女孩》，此后，郑振铎、茅盾、赵景深等人，也陆续译介过安徒生其他的一些童话，但他们都是从英、日文等转译的，真正从丹麦文翻译、并系统全面地介绍安徒生童话的，那就是叶君健了。

叶君健与安徒生有着相似的经历，安徒生1819年秋天14岁时离开家乡奥登塞小镇，来到丹麦首都哥本哈根；叶君健1929年14岁时离开湖北省红安县的山村，在亲友的帮助下，到上海学习，两人经历了相似的人生轨迹。在翻译安徒生之前，叶君健学习了丹麦文，连续五年每年到丹麦访问，了解当地的风土人情。叶君健一生都在研究安徒生童话。他翻译的《安徒生童话全集》至今一直在再版，力求在“信、达、雅”的基础上，再达到心灵和情态的再现。

叶君健强调对原著的“再解释”过程，他在翻译时是把安徒生当成哲学家和诗人来对待的，保持了作者的诗情、幽默感和生动活泼的形象化语言，被世界文坛公认为是两个最好的译本之一（另一译本为美国珍·赫叔尔特女士所译）。叶君健也成为世界上唯一一位因此获得丹麦女王授予“丹麦国旗勋章”的翻译家。

叶君健曾在安徒生童话译本的序言中写道：“安徒生之所以写小人鱼舍弃500年生命去追求一个短暂的人类的生命，是因为人类具有一个永生不灭的灵魂。而作为已经拥有灵魂的人类，又应该怎样不愧对自己生而为人的幸运呢?”

《海的女儿》是个忧伤的故事，是最不像童话的童话。安徒生的童话从来就没有写过“完美”，然而，这种不完美是如此动人心弦，因为这些缺口，生命才显得丰盛与完整。无论是小人鱼、丑小鸭，还是卖火柴的小女孩，他们都以脆弱的本性，勇敢地迎接生命里的苦难。小人鱼天真、善良、无私，她的爱情坚韧而纯净，她不惜付出一切代价追求生命中那件最宝贵的东西——灵魂。这也正是安徒生的追求——永恒的、真挚的、人的灵魂。叶君健的中译本有着诗一样瑰丽轻灵的语言和中国化的飘逸。

安徒生晚年有一篇最长的童话《幸运的贝儿》颇具自传色彩。童话的主人公贝儿一生追求至美，追求充满美的艺术境界，当他成功的时刻、当观众们向他欢呼的时刻、当他心爱的女孩将花束向他抛来的时刻，“像索福克里斯在奥林匹亚竞技的时候一样，像多瓦先生在剧院里听到交响乐的时候一样……他心里的一根动脉管爆裂了。像闪电一般，他在这里的日子结束了——在人间的欢乐中，在完成了他对人间的任务以后，没有丝毫痛苦地结束了。他比成千上万的人都要幸运！”这正是安徒生自己一生的追求。“我的名字必须闪闪发光，这是我活着的唯一理由。”

《飞鸟集》：心底流淌出来的佳作

飞鸟集

泰戈尔　著

郑振铎　译

节　选

1. 夏天的飞鸟，飞到我窗前唱歌，又飞去了。

秋天的黄叶，它们没有什么可唱，只叹息一声，飞落在那里。

2. 世界上的一队小小的漂泊者呀，请留下你们的足印在我的文字里。

3. 世界对了它的爱人，把它浩瀚的面具揭下了。

它变小了，小如一首歌，小如一回永恒的接吻。

4. 是大地的泪点，使她的微笑保持着青春不谢。

5. 无垠的沙漠热烈追求一叶绿草的爱，她摇摇头笑着飞开了。

6. 如果你因失去了太阳而流泪，那末你也将失去群星了。

7. 跳舞着的流水呀，在你途中的泥沙，要求你的歌声，你的流动呢。你肯挟跛足的泥沙而俱下么?

8. 她的热切的脸，如夜雨似的，搅着我的梦魂。

9. 有一次，我们梦见大家都是不相识的。

我们醒了，却知道我们原是相亲相爱的。

10. 忧思在我的心里平静下去。正如傍晚的暮色降临在寂静的山林之中。

11. 有些看不见的手指，如懒懒的微飔似的，正在我的心上，奏着潺湲的乐声。

12. “海水呀，你说的是什么?”

“是永恒的疑问。”

"天空呀，你回答的话是什么?"

"是永恒的沉默。"

13. 静静地听，我的心呀，听那世界的低语这是它对你求爱的表示呀。

14. 创造的神秘，有如夜的黑暗，——是伟大的。而知识的幻影，不过如晨间之雾。

15. 不要因为峭壁是高的，而让你的爱情坐在峭壁上。

16. 我今晨坐在窗前，世界如一个过路人似的，停留一会，向我点点头又走过去了。

17. 这些微思，是绿叶的簌簌之声呀；它们在我的心里，愉悦地微语着。

18. 你看不见你自己人，你所看见的，只是你的影子。

82. 使生如夏花之绚烂，死如秋叶之静美。

赏 析

泰戈尔的名字对中国读者来说，并不陌生。这位伟大的诗人曾于1913年获得诺贝尔文学奖，他的作品对于中国新诗曾经产生过重要影响。

泰戈尔

《飞鸟集》中的诗篇大多选自孟加拉文诗集《微思集》。《微思集》是作者以清新流利、音乐感极强的孟加拉口语，所写的大量歌唱自然、生活、音乐、爱情、光明的诗篇。这些诗歌后来由泰戈尔自己译为英文，相当于二次创作。

《飞鸟集》共收诗325首，1916年出版。除了翻译自己的作品外，另一部分是诗人1916年造访日本时的即兴英文诗作。泰戈尔在日本居留三月有余，不断有淑女求其题写扇面或纪念册。考虑到这一背景，就不难理解这些诗何以大都只有一两行。诗人曾经盛赞日本俳句的简洁，他的《飞鸟集》显然受到了这一诗体的影响。因此，这些诗以深刻的智慧和简短的篇幅为其鲜明的特色。

郑振铎翻译的《飞鸟集》，首次出版于1922年秋，这也是泰戈尔首次被介绍到中国的诗集。诗集出版之后，中国诗坛上表达随感的短诗迅速流行起来，比如冰心的《繁星》与《春水》。

《飞鸟集》满含东方气息，文字晶莹剔透。郑振铎在译完泰戈尔的这部散文诗集后，曾深情地称它“包涵着深邃的大道理”，并形象地指出，泰戈尔的这部散文诗集“像山坡草地上的一丛丛的野花，在早晨的太阳光下，纷纷地伸出头来。随你喜爱什么吧，那颜色和香味是多种多样的。”郑译《飞鸟集》历90年而不衰，足见译本的美妙之处。例如“生如夏花之绚烂，死如秋叶之静美”更成为人们长颂的名句。

《飞鸟集》中诗歌的翻译看起来没有那么难。作为散文诗，这些诗歌不受韵律的限制。而诗歌语言的转换中，最困难的就是意义、形象与格律难以兼顾。《飞鸟集》则没有这样的问题。此外，短小的诗歌意象容易把握，基本不用考虑篇章衔接的问题。

郑振铎承认这些便利，然而他也提出，“散文诗算是最容易翻译的，但有时也须费十分的力气。有许多诗中特用的美丽文句，差不多是不能移动的。第二，诗歌的文句总是含蓄的、暗示的，有的时候，简直不能译。如直译，则不能达意。如稍加诠释，则又把原文的风韵与含蓄完全破坏，而使之不成一首诗了。”

尽管有重重困难，郑振铎还是十分成功地翻译了《飞鸟集》中的大部分诗歌。《飞鸟集》中的多数诗歌，都是诗人一时所感所思的意象的凝固。译文是否成功，关键在于能否准确把握这些意象，并用另一种语言将它们表达出来。“不要因为峭壁是高的，而让你的爱情坐在峭壁上”、“群星不怕显得像萤火虫那样”、“我今晨坐在窗前，世界如一个过路人似的，停留一会，向我点点头又走过去了”，译文舒缓流畅，带有咏叹的色调，符合原诗的美妙语境。

郑振铎曾说：“泰戈尔的歌声虽有时沉寂，但是只要有人类在世上，他的微妙幽宛之诗，仍将永远是由人的心中唱出来的。”是的，泰戈尔的诗，是从他心底里流出来的，而译文，同样是从心底流淌出来的佳作。

政治、爱情、战争和风景 史诗《罗摩衍那》没那么难懂

《罗摩衍那》

季羡林　译

节选　四颂

春　季

在那美丽的林中平坦处，
林中生的树木多种多样。
微风乍起，吹动了树木，
把繁花吹落到了大地上。

夏　季

黄昏的霞光染红了云彩，
边缘上镶着一缕浓黄，
好像一片片可爱的云布，
把那天空的创伤来裹上。

秋　季

他们观看着许多池塘，
涨满了水，就在路旁；
点缀着带蓓蕾的荷花，
活像那吠琉璃一样。

冬　季

林中地上落满了严霜，
浓绿已经有点凋落，
这土地看上去就显示出，
那里炎阳已经变得温和。

赏　析

《罗摩衍那》是梵语，意思为“罗摩的历险经历”，与《摩诃婆罗多》并列为印度两大史诗，在印度文学史上被称作最初的诗。它不仅在印度文学史上占据着崇高的地位，而且对整个南亚地区和宗教都产生过广泛而深远的影响。全书是诗体，用梵文写成，诗律几乎都是输洛迦(意译为颂)，每节2行，每行16个音节。全文共分为七章，24000颂。内容主要讲述阿逾陀国王子罗摩和他妻子悉多的故事。

与许多史诗形成的历史相似，《罗摩衍那》最初只是口头流传，增增删删，写成以后，仍无定本。现在公认在全书7篇之中，第1、7篇晚出，第2~6篇是全书较原始的部分。因此，这部包括24000颂（现代精校本为近两万颂）的大史诗绝不会成于一时，它的成书年代约在公元前3、前4世纪至公元2世纪之间。全书7篇按顺序是：《童年篇》、《阿逾陀篇》、《森林篇》、《猴国篇》、《美妙篇》、《战斗篇》和《后篇》。这部史诗的作者传说是跋弥，或称伐尔弥吉，意译蚁垤，这位作者已经笼罩在神话传说的迷雾中，其真实性难以考证，他有可能是这大史诗原始形式的作者，也有可能是虚构出来的。

直到今天，尽管人们离开那种神话时代已非常遥远，但《罗摩衍那》的故事还仍旧影响着印度人的生活。印度人认为《罗摩衍那》和《摩诃婆罗多》都是不可侵犯的圣典，并把它们看做是解决宗教、哲学和道德等问题争论的指南。两千多年来，妇女们崇拜悉达，认为她是贤妻良母的典型；男人们顶礼膜拜罗摩，把他尊为圣哲和楷模。至于“史诗”中那位神猴哈奴曼，更是受到崇拜。印度古代，有些伶工专门以唱《罗摩衍那》为生，即便是现在，仍有艺人以此为生。这部史诗波及音乐、舞蹈、雕塑、绘画等诸多艺术领域。我国虽然受其影响远不如东南亚之深，但是，部分古典文学仍旧有《罗摩衍那》的影子。

季羡林

将如此一大本史诗翻译成汉语，自然不是件容易的事。1980～1984年，人民文学出版社出版了季羡林教授从梵文翻译的8卷《罗摩衍那》全译本。可以试读文首的几首颂，要把每首32个音节的“颂”译成四行汉诗，这本身就不容易，还要押韵。季羡林认为诗不押韵，就不是诗。可是八万行诗要押韵，仅就找韵脚这一件事，就是非常困难的。其中甘苦，只有他自己心知。

《罗摩衍那》作品的艺术风格虽朴素无华、简明流畅。但它具有印度古代长篇叙事诗中必不可少的四大因素：政治、爱情、战争和风景，而且描绘手法都达到了相当高的艺术水平。从印度文学史来看，《罗摩衍那》描绘自然景色，可以说是开辟了一个新天地。尤其是对于印度的圣河——恒河的描绘，更是脍炙人口。从季羡林的译文中，可以窥知其独特的风情。

与爱有关的虔诚与忠贞

《我愿是一条急流》

裴多菲　著
兴万生　译

节　选

我愿是一条急流，是山间的小河，穿过崎岖的到路，从山岩中滚过……

只要我的爱人是一条小鱼，在我的浪花中间，愉快的游来游去。

我愿是一座荒林，坐落在河流两岸，我高声呼叫着，同暴风雨作战……

只要我的爱人是一只小鸟，停在枝头啼叫，在我的怀里作巢。

我愿是城堡的废墟，耸立在高山之巅，即便被轻易毁灭，我也不懊丧……

只要我的爱人是一根常春藤，绿色枝条恰似臂膀，沿着我的前额上升。

我愿是一所小草棚，在幽谷中隐藏，饱受风雨的打击，屋顶留下了创伤……

只要我的爱人是熊熊的烈火，在我的炉膛里，愉快而缓慢的闪烁。

我愿是一块云朵，是一面破碎的大旗，在旷野的上空，疲惫的傲然停立……

只要我的爱人是黄昏的太阳，照射我苍白的脸，射出红色的光焰。

赏　析

裴多菲是匈牙利最伟大的诗人之一，牺牲时仅26岁。他一生中写下了800多首抒情诗和8部长篇叙事诗，此外还有80多万字的小说、政论、戏剧和游记，且有相当部分在战火中完成。这样的高产率，在欧洲文学史上是非常罕见的。

裴多菲

裴多菲留下的著名抒情诗有《民族之歌》、《我的歌》、《一个念头在烦恼着我》、《自由与爱情》、《我愿是一条急流》《把国王吊上绞架》等。其中，《我愿是一条急流》是裴多菲的名作，它以热烈奔放的真挚情感抒发了作者对“我的爱人”的恋情。全诗共分五个自然段落，分别用五组意象来比喻和对应“我”和“我的爱人”的爱情关系：“急流”与“小鱼”，“荒林”与“小鸟”，“废墟”与“常春藤”，“小草棚”与“烈火”，“云朵”与“黄昏的太阳”。五组意象的对比，体现了诗人两种不同情感的表达。

诗的译者兴万生，上世纪五十年代公派至匈牙利学习，1959年归国。留学期间，他便对匈牙利著名诗人裴多菲产生了浓厚的兴趣，他一生只翻译裴多菲一个人，曾三获匈牙利政府颁发的奖章。

回到这首诗本身，《我愿是一条急流》，是诗人题献给恋人众多爱情诗中的一首。23岁那年，裴多菲在一次舞会上与名叫尤丽娅的女子结识。尤丽娅的清纯、率真让诗人一见倾心。无奈，诗人出身贫寒，活生生地演绎了一段古今中外小说恒有的“求爱难题”。《我愿是一条急流》便是热恋中的裴多菲·山陀尔的心情记录和真情告白。人们对于爱情的追求莫过于做到两情相悦，《我愿是一条急流》正是对这种遐想与追求的抒写。

裴多菲的诗早在新中国成立前就被介绍到国内。那首著名的《自由与爱情》，就有四个译本，以柔石翻译的“生命诚可贵，爱情价更高，若为自由故，二者皆可抛”最为脍炙人口。这首诗还有其他的译本：

1923 年 1 月，茅盾写的《匈牙利爱国诗人裴多菲百年纪念》一文中也译了这首诗：“我一生最宝贵：恋爱与自由。为了恋爱的缘故，生命可以舍去；但为了自由的缘故，我将欢欢喜喜的把恋爱舍去。”1982 年，孙用翻译的《裴多菲诗集》中，此诗的译文是：“自由，爱情！我要的就是这两样。为了爱情，我牺牲我的生命；为了自由，我又将爱情牺牲。”1986 年，兴万生翻译的《裴多菲抒情诗选》中，诗的译文是：“自由和爱情，我都为之倾心！为了爱情，我宁愿牺牲生命；为了自由，我宁愿牺牲爱情！”裴多菲的诗里，寄寓了作者的理想与追求，不仅是爱情。他的诗歌字里行间流溢着汩汩的殉道精神，彰显着诗人内心的虔诚、忠贞与执着。

文明的传递（代后记）

傅雷先生说过，理想的译文仿佛是原作者的中文写作。从这句话不难解释翻译之艰——翻译不仅仅是简单的语义转换，它是文字灵魂的投胎转世。对于语言和文本来说，一次翻译的过程宛若一次再创作，无异于创作者和译者的一次共谋。上帝创造了巴别塔，沟通从来都是人类的困境，在层层转换的过程中，文字的美在一层层的“失”。其实容易理解，每种文字的精魂都在洞烛幽微之处。比如说将唐诗翻译成英语，“锦瑟无端五十弦，一弦一柱思华年”，这句诗怎么译？“无端”该怎么译？想要有顿、有格、有韵，几无可译。

所以说，翻译家都是伟大的。人们读一本书，鲜会关心译者是谁。出版商也不会费心去介绍译者，最多一个“著名翻译家”了事。至于如何“著名”，谁也不知道。然而，近百年来，中国出过一批数量巨大的伟大译者。例如袁可嘉、穆旦、王道乾，他们本身都是了不起的诗人和作者，出于一代人的命运，这些伟大的诗人们被迫停止创作，将全部才情转向翻译，以另一种方式留下了黄钟大吕的文字，影响了王小波等一代作家。于是文化以这种方式得以曲折传递，不曾断层。

我们要深深感谢这些译者留下的宝贵译文。文字是可贵的，哪怕文明消亡肉身毁灭，文字仍可在微弱的时空深处，传递出曾经的信息。通过文字的转换，我们得以理解其他的文明，不至于如此孤单。很喜欢圣-埃克苏佩里，马振聘先生的翻译非常优美。圣-埃克苏佩里是位飞行员，除了写过著名的《小王子》外，他还是第一个从航空角度探索人生与文明的作家。从高空中才能看到，人类生存在一个大部分是山、沙、盐碱地与海洋组成的星球上，生命如同瓦砾堆上的青苔，在夹缝中滋长，文明如夕阳余晖般脆弱，火山爆发、海陆变迁都可以使它毁灭无遗。但是，尽管生命如此脆弱，圣-埃克苏佩里却写道，他在黑夜中期待黎明，在满天乱云中向往中途站，在璀璨星空中寻找自己的星球——那是生的喜悦。萨特把圣-埃克苏佩里的《人类的大地》称作存在主义小说的滥觞，海德格尔也把《小王子》看做是最伟大的存在主义小说。圣-埃克苏佩里告诉我们，人的价值终究是后天获得的，人生归根到底不是一件上天赐予的礼物。

作者在伦敦贝克街

作者在南非桌山

所以才有那些伟大的译者，在清苦的翻译工作中寻找人生的价值：在暮年翻译《尤利西斯》的萧乾夫妇、晚年病中发愿从古希腊文翻译《伊利亚特》的罗念生、耗费 37 年光阴翻译莎士比亚的梁实秋，还有在贫困、疾病、饥饿中译莎的朱生豪、用生命译出《神曲》的田德望……他们本身都是了不起的大家，将智慧凝结在了文明的传递之上。这些最美的译文，穿越语言、种族、时空的重重藩篱，在人们的舌尖吟哦。当念到“使生如春花之绚烂、死如秋叶之静美”时，你会想到，这本不就是句汉语的诗吗？